经典写作课
WRITING

与达洛维夫人共舞

文学名著背后的灵感故事

Dancing with Mrs. Dalloway

Stories of the Inspiration Behind Great Works of Literature

〔美〕赛莉娅·布卢·约翰逊　著
Celia Blue Johnson
李玉兰　译

人民文学出版社
PEOPLE'S LITERATURE PUBLISHING HOUSE

著作权合同登记号　图字 01-2018-5430

图书在版编目(CIP)数据

与达洛维夫人共舞:文学名著背后的灵感故事 /(美)赛莉娅·布卢·约翰逊著;李玉兰译. —北京:人民文学出版社,2018
(经典写作课)
ISBN 978-7-02-014649-9

Ⅰ.①与… Ⅱ.①赛… ②李… Ⅲ.①散文集-美国-现代 Ⅳ.①I712.65

中国版本图书馆 CIP 数据核字(2018)第 251950 号

责任编辑　卜艳冰　欧雪勤
装帧设计　高静芳

出版发行　人民文学出版社
社　　址　北京市朝内大街 166 号
邮政编码　100705
网　　址　http://www.rw-cn.com

印　　制　上海盛通时代印刷有限公司
经　　销　全国新华书店等

字　　数　120 千字
开　　本　889 毫米×1194 毫米　1/32
印　　张　6.875
插　　页　3
版　　次　2019 年 4 月北京第 1 版
印　　次　2019 年 4 月第 1 次印刷

书　　号　978-7-02-014649-9
定　　价　35.00 元

谨以此书献给我的父母亲，

谢谢他们鼓励我敞开心胸、

接受灵光一闪的刹那。

目录

序言

我是个对小说创作过程相当感兴趣的读者。我总急切地跟随一行行文字，并好奇于作者将如何带领我走到结局。小说创作并没有固定的技法，作者必须在浩瀚无穷的想象中不断搜寻才能遇见一个尚称具体的灵感，然后作者必须坚定地追随着这个灵感，直到故事结束。

我是在一个寒冷的冬日读完《达洛维夫人》的，这好像是我第三还是第四遍阅读它。而我决定查出在第一页之前发生的故事。我一路追踪弗吉尼亚·伍尔芙创造出书中那位个性鲜明的社会名流的步伐，并很快发现，真实世界里的确有个达洛维夫人，而这名真实存在的女人和小说里的一样性格复杂。

接着，我想到其他我所钟爱的小说，思索着它们的源头，然后启程追寻是哪些灵感激发大作家写出伟大的文学名著，而本书就是这段追寻之旅的结果。

我所研究的作家里，每个人的创作路径各不相同。每一本名著都是从想象、人生经验和机运（许多作品都需要倚靠它）这些复杂且精细的元素中汲取出来的。但这些作家有个共通点，他们都强烈地渴望捕捉住灵感闪现的那一刹那。然而，灵感通常都在最料想不到的时刻降临，那可能是巧遇陌生人的时刻，有时是在百般无聊的发呆中，或是在大声念出一则童话故事的时候。灵感会在任何时刻迸出，并且诱发和它们一样独具一格的故事。

本书所有文章都是经过缜密的研究调查才写成的，但我仍然没有把握是否精准地描述出了这些激发作家的灵感。但话说回来，毕竟我们不可能钻进作者的脑袋，无法真实地体现这些文学巨作的诞生过程，所以只能透过第一和第二手数据、站在一定的距离外观看作品。最重要的是，我们必须记得，这些亲自描述创作灵感的作家个个都是顶尖的说故事高手。他们擅长为简单的事件添点油加点醋，好让故事变得精彩有趣。所以，在回忆起这些文学史上的重要时刻时，经常会发生作家和亲朋好友的说法互相冲突的情况。我们无法辨认哪一个版本是对的——或许全都是对的。要想找出这些名著背后的真实故事实在是难上加难。我们能做的，就是研究激发每本小说的事件，并享受作家所调配创作出来的故事。

这些研究文章读起来可能很像某种神话，但这就是想象力的精神。它们揭露出一件事实：灵感可能潜伏在任何角落里。灵感通常转瞬即逝，抑或猛然迸发，接着就溜得无影无踪。但如果你准备好了，就有机会利落地抓住灵光一闪的刹那。

在电光与火石之间

用字“不够精准”和“精准”之间有很大的差别，不可等闲视之，这就像萤火虫的微光和闪雷的强光，无法相提并论。

——马克·吐温《给乔治·班顿的信》

自古以来，有数不清的草稿被揉成一团丢进废纸篓里。每位作家都清楚了解等待灵感到来的痛苦。有时候，就算日日夜夜地坐在书桌前埋头苦等，也不见得会有灵光闪现。但有时候，在黑暗的尽头会迸发出巨大的闪光，那可能是一个想法、一幅粗略的影像、一行文字……无论灵感以何种形式闪现，都足以驱策作者提笔书写。这灵感可能像电光火石，点燃出一本旷世巨著。

不过有一点非常奇怪，许多文学瑰宝都是从日常的琐事中诞生出来的。马尔克斯是在开车的时候，托尔金是在学校里审阅学生论文时，至于怀特则是在提着一桶猪食的当下。若不是灵感猛烈袭来，铁定不会有人记得这些寻常的工作，并且将之流传下来。然而，这些时刻最后都成为文学界的里程碑。

接下来讨论的几部书，有的是在作者脑海里长期酝酿后才爆发出来，有些则是突如其来的。但它们都有一个共同点：及时闪过的片段意念，改变了作者的职业生涯。

一八七五年

《安娜·卡列尼娜》

托尔斯泰

列夫·托尔斯泰在从小生长的豪宅里，坐躺在沙发上。这栋庄园叫作亚斯纳亚·波利亚纳（Yasnaya Polyana），距离莫斯科约一百二十五英里。此时暮色苍茫，泥土路两旁的白桦树几乎隐入逐渐降临的黑夜里。托尔斯泰才刚用毕晚餐，胃里装满了食物，昏昏欲睡。就在此时，脑海里闪过一幅影像：那是“一个女人光裸的手肘”，而他后来才发现自己的目光再也无法从那只手肘上移开。他看着一具人体，从手肘逐渐向外扩散成形。最后，她身着时髦的晚礼服站在托尔斯泰面前，尽管衣着亮丽，她美丽的脸庞上却写满了哀愁。从此，托尔斯泰再也摆脱不掉这幅影像，并且迫切地渴望诉说这个短暂的白日梦背后的故事。

托尔斯泰未曾提起过他是何时接收到这个关键性的意象的，但这个意象在他脑海里徘徊不去，促使他在一八七三年的春天着手写书。这本从黄昏冥想中出发的小说，发展成《安娜·卡列尼娜》一书，娓娓道尽一位红杏出墙的少妇悲凄的命运。

在这场餐后冥想中，托尔斯泰只看到一个人，不过在提笔书写小说之前，他认识了两个可能是安娜·卡列尼娜原型的女人。其中一位出现在图鲁比弗将军在图拉别墅中举行的晚宴上。这位令托尔斯泰惊为天人的女人有一头黑色鬈发，且“步伐从容优雅”。他向大嫂谭雅询问后得知那位美女叫玛利亚·哈同(Maria Hartung)，是诗人亚历山大·普希金的女儿。目前没有足够的证据显示托尔斯泰在沙发上休息时看到的影像是否为哈同，但很多人相信她就是安娜·卡列尼娜外貌的原型。而且，在小说尚处于草稿阶段时，安娜的姓氏就是普希金。

而另一位则可能激发了托尔斯泰的想象力。一八七二年，安娜·史迪彭露娃·皮罗哥娃在托尔斯泰庄园附近的火车站，于列车驶进时跳下站台自杀身亡。她和托尔斯泰的邻居发生婚外情，而男方又在爱上别的女人之后将她遗弃。大家一致公认，这位失恋的女人激发了托尔斯泰的灵感，他因此将女主角命名为安娜。但托尔斯泰本人从未承认他的小说和这次的可怕事件有任何关联。事实上，他说早在皮罗哥娃自杀之前自己已经开始构思关于妻子红杏出墙的故事。一八七〇年二月，托尔斯泰的妻子索菲娅在日记中写到，丈夫计划书写一位陷入婚外情的上流女性，并形容她“不致千夫所指，甚至有些引人怜悯”。或许托尔斯泰就是在此篇日记的前不久看到了那只女人的手肘。

亚历山大·普希金是这本小说的重要推手，就是他鼓励托尔斯泰真正坐下来动笔、开始书写。一八七三年春天，托尔斯泰大约是第七次重读普希金的《贝尔金故事集》。这本由五个相互有关联的故事组成的小说是普希金第一次以散文体创作的作品。托尔斯泰很钦佩《落叶》(*Loose Leaves*)一篇的开场是如此精彩且干净利落:“客人陆续抵达那栋乡村别墅……”① 普希金并没有费心地安排冗长的引言,或浪费过多时间铺陈情节。故事一开场就大展全翼。托尔斯泰总是念念不忘这一句所带来的震撼。

一八七三年三月,托尔斯泰写了一封信给朋友尼可拉吉·斯特拉霍夫,不过没有把信寄出去。信里,他回想起《安娜·卡列尼娜》是在读完普希金的小说后于他脑海里成形的。他如此写道:“我本能地、不知不觉地、在不明就里的情况下构思出人物和情节并开始延展,我当然有修改几次,但突然间,所有线索完美且精准地融合在一起,一本小说就此诞生。”在此之前,托尔斯泰只是用文学理论来琢磨小说的创作。现在他几乎无法停笔,迫不及待地书写一位上流社会妇人的传奇一生。

他几乎是在三个星期内就完成了《安娜·卡列尼娜》的草稿。不过在修稿时,故事不断地扩展,比预期中花了更长的时间才完成。然而,在这段时间,托尔斯泰却产生怀疑,不确定这样一本描写婚外情的小说价值何在。他挣扎痛苦,甚至后悔地想着:“真希望有人帮我完成《安娜·卡列尼娜》。”这本小说从一八七五年开始在《俄罗斯信使》(*Ruskii Vestnik*)文学期刊上连载,而读者的正面评价令他诧异不已。一八七七年,小说完

① The guests were arriving at the country house...

成的这一年他仍坚信这本书“平凡且不值一谈”。然而，在草稿迅速初成的时候，他曾说：“这本小说，是第一本道尽我内心情事的小说。”很可能就是这原初的感动，支持托尔斯泰走到《安娜·卡列尼娜》的结尾。

一八七三年

《八十天环游地球》

儒勒·凡尔纳

儒勒·凡尔纳坐在巴黎咖啡馆里翻阅报纸。这位多产作家很清楚灵感会随时驾到，所以在看报的时候总有铅笔和笔记本为伴，以便随时记录下一闪而过的灵光，免得它挥发成模糊的记忆。就在他翻阅时，一则旅行社的广告抓住了他的目光。广告以八十天环游世界一圈为卖点招揽游客。这在一八七〇年代来说是很耸动的，当时长程旅行的最主要交通工具不是火车就是船。因此，凡尔纳的想象力启动。他回忆道："我立刻想到可以运用国际日期变更线东西两半球的时差，让主角的抵达时间提早或者迟到一天。所以，我还没动笔故事结局就已经出现，只等着主角一步步地与它会合。"凡尔纳随即着手塑造出一位玩世不恭的主角：菲利斯·福格，他以高额赌注打赌能在八十天内环游世界一圈。福格只带了几件换洗衣物、基本的旅行必需品以及护照就出发了，而未来的八十天内，护照上的每一个海关章将证明他有依循约定路线环球一圈。

凡尔纳在一八七二年描写这个冒险故事时，感到自己仿佛跟着主角、为了赢钱而不断赶路。他在一封写给编辑的信中兴奋地提道："你绝对想不到在这场八十天的环球之旅中我有多开心！我连做梦都会梦到！真希望读者跟我一样开心。我可能有点兴奋过头，让自己入戏太深。"

《八十天环游地球》这个故事和凡尔纳十分相称。他从小就热爱冒险——特别是跟水有关的冒险。他和弟弟保罗经常驾着一艘会漏水的小船在卢瓦河上探险。小时候，在前去拜访一家公营工厂的长途旅程中（工厂就在他家位于尚特奈的夏季别墅附近），他可以花好几个小时观察机器边运转边发出沉重的声响。他一生都热爱机械，即使成年，仍像"欣赏名画家拉斐尔或柯勒乔的画作"那样着迷地凝视火车美丽的蒸汽引擎运转。而这本最新著作融合了这两项儿时梦想。福格的冒险用上了所有能想象得到的海陆交通工具——从高科技的船只、火车，到罕见的雪橇和大象，真是应有尽有。

凡尔纳于一八六三年出版第一本书《气球上的五星期》（*Five Weeks in a Balloon*），此后，每年约出产一至两本著作，包括《地心游记》（*Journey to the Center of the Earth*）和《海底两万里》（*Twenty Thousand Leagues Under the Sea*）。他的小说不叫好却叫座，本本畅销。尽管书写的是一些天马行空的幻想，但这位作家的工作态度相当严谨，他总是一次又一次地修稿，以至于初稿和成书的内容几乎天差地别。他说："我的工作步调很慢，而且非常谨慎，我会一改再改，直到每个句子都满意为止。"不过《八十天环游地球》却一反常态，他在一八七二年春天动笔，而在同年十月初即完稿付梓。初稿似乎也不太需要修改。凡尔纳曾于同年六月在亚眠文理学院朗读了几个章节，当时尚未完成的小说就已经相当完整且成熟。

《八十天环游地球》出版约十五年后，一位年轻的美国女子前往凡尔纳位于法国亚眠的家拜访。这位名叫内利·布莱（Nellie Bly）的记者勇敢地接下一项工作挑战，追随着福格的脚步在八十天内环游世界。就一位十九世纪末的年轻女子来说，布莱算是相当果敢坚决。她的报社原本指派一位男记者做此专栏，但布莱告诉老板，如果不把任务交给她，她就和其他报社合作做同样的专栏，并且会想尽办法在旅程中超前那位男记者，还要将胜利的经过都刊登出来。

布莱打算跟随小说主角的路线一事令凡尔纳兴奋不已。他说："我的第一个反应是：'天啊！年轻真好！'如此自由，真希望我能返老还童！就算只能走马观花环游世界，我也会高兴得睡不着觉。"

布莱游经亚眠时顺道拜访凡尔纳，并参观了他的书房，然而她大失所望。凡尔纳写作的书房完全没有布莱想象中那样豪华气派，反而又小又简陋，书桌上除了一沓纸（他刚完成的手稿）外只有墨水瓶和笔架。显然他下笔创作时唯一需要的就是丰富的想象力。他们离开书房后，凡尔纳抽出福格的冒险地图，把布莱的旅行路线标上去，以便追踪。布莱最后只花了七十二天六小时又十一分钟即抵达终点，在这期间，凡尔纳每天都会预估布莱的所在地，然后指给妻子看，再插上小旗子。

一八八三年

《金银岛》

罗伯特·路易斯·史蒂文森

罗伯特·路易斯·史蒂文森拿着画笔沾了水彩颜料，为那个荒岛补上最后一笔，并往后退开一步，欣赏自己的作品。那是一张美丽的地图，经过仔细描绘、精心上色。接着，他看到他们了：那些人物一个个地从刚画成的森林里抬头仰望他。他们都拿着武器，史蒂文森回忆道："他们就在那张小平面图上来回穿梭，一会儿后陷入战斗中，接着又跑去寻宝。"一个杰出的冒险故事便在他脑海里成形。他立刻丢下画笔，拿出一沓纸，写下《金银岛》的章节大纲。

那张地图，是在某次枯燥无聊的度假期间产生的画作。一八八〇年八月，史蒂文森和父亲托马斯、妻子范妮，以及十二岁的继子塞缪尔·劳埃德·奥斯本，到苏格兰高地一座偏远的山城布雷马度假。那是个理想的度假胜地，四周雄伟的大山是徒步旅行的好去处。史蒂文森希望高山气候能治好他的病。他已经开始咯血，虽然未有正式的诊断证明，但大家认为他得了肺结核。事与愿违，布雷马在夏天进入雨季，他很少有机会出门呼吸高山的新鲜空气，他的活动范围仅限于度假别墅内。虽然绘画从来都不是史蒂文森的兴趣，却是塞缪尔最喜欢的消遣。既然没有其他娱乐，他有时候也会拿起画笔跟着塞缪尔画画。尽管对绘画兴趣不大，但那张水彩画却引领他成功地完成了第一本小说。

这位企图心旺盛的作家一直想创作小说，并且尝试了不下十次，但都半途而废，然而这个由地图激发出来的故事情况就不同了。史蒂文森在布雷马的一个寒冷九月早晨，坐在炉火前着手书写《金银岛》。他的笔行云流水，文字填满了一页又一页。每天下午，他会将刚完成的部分朗读给家人听。塞缪尔和托马斯也贡献心力参与这个海盗故事的发展。托马斯曾经花了半天的时间，收集并整理出比尔·彭斯[①]储物箱里的物品清单，而史蒂文森也一字不改地将这份清单写进小说里。

《金银岛》狡猾的海盗西尔弗（Long John Silver），是以史蒂文森的诗人朋友威廉·欧内斯特·亨利（William Ernest Henley）作为原型而发展出来的人物。亨利因为结核病菌扩散至骨骼而切除了一只小腿，但他乐观地面对截肢的事实。塞缪尔如此回忆亨利："他人很好，很热情，肩膀宽厚，留着红色的大胡子，拄着一根拐杖。他很爱笑，聪明过人，笑声就像绕梁不去的乐声。"史蒂文森除去亨利优雅的性格，转而塑造出一位刚强且粗野的讨海人，但仍然小心地保留一些迷人的特质。结果，创造出来的西尔弗不只是一名凶猛的海盗，同时也拥有亨利的热诚和魅力。

史蒂文森兴味盎然地写着，但是到了十六章的开场就写不

① 《金银岛》中的人物，因为投宿主角家的客栈引发一连串事件。

下去了。他突然失去热情，一个字都想不出来。日子一天天过去，史蒂文森开始全盘否定自己。他说："我已经三十一岁，是一家之主，却健康不再，在经济上也从未自力更生。"一八八一年十月，就在他去布雷马度假满一年不久，儿童报纸《小伙子》(*Young Folks*) 开始连载他的小说。这份报纸在完成故事的过程中着实扮演了举足轻重的角色，其中包括编辑詹姆士·海德森将原书名《海上厨子》(*The Sea Cook*)，改成《金银岛》。该小说大受欢迎，若是故事没写完，海德森和许多读者都会大失所望。

当截稿日期渐渐逼近，史蒂文森到瑞士达沃斯过冬，并且决定不为那个精彩的冒险故事多做担忧。他要将写作的压力抛到脑后，让自己沉浸在阅读中。但这么做的结果却出乎他意料，他一转移注意力不去想工作碰到的瓶颈，想象力便源源不绝地涌流出来。他一天一章，迅速朝写作生涯从未抵达的两个字——结尾——而去。

一八八三年十一月，卡塞尔公司（Cassell and Company）正式出版《金银岛》。初版小说附有一张地图，但这不是作者在布雷马画的那张。当年的水彩画在送往出版社的途中遗失了。史蒂文森试着重画，并请父亲协助回忆一些特定的细节。然而，史蒂文森回忆道："对我来说，第二张图永远都不属于'金银岛'。"那张遗失的水彩地图引导出作者的想象力，带着他进入全新的领域，闯进血腥争战之中。而新地图上的森林里并没有粗野健壮的角色抬头与他对望，不过很幸运地，当初的灵光一闪已经转变成一页页的《金银岛》，海盗、水手和一个小男孩在那里紧张地竞争，看谁先找到埋藏的金银财宝。

一九二九年

《喧哗与骚动》

威廉·福克纳

一九二七年十月，威廉·福克纳将《坟墓里的旗帜》(*Flags in the Dust*) 寄给合作的出版社，并且随信附上一张自信满满的便条："我写的这本书，会使其他著作相形失色。我相信它将是今年所有出版物中最杰出的小说。" 两个月后，他收到出乎意料的回函。博尼与利弗莱特出版社（Boni and Liveright）退回了他的手稿。出版社老板贺拉斯·利弗莱特在信里详述了小说的缺点，并以下面的评语做结尾："我退回此书最主要的理由在于你的小说根本没有故事性可言，而我坚信小说就是要讲故事，而且必须讲得很精彩。" 福克纳难过了几个月后才又开始写小说，不过这次是以全新的观点出发。既然被退稿，工作遭遇到瓶颈，他决定为自己而写。他回忆当时的情况："那就像在某天我关上一扇门，将所有出版商的地址和书单都隔绝于外。然后对自己说，现在可以开始写作了。" 解脱了迎合商业考虑的限制，他开始从孩提时期汲取灵感。

一九〇七年六月二日，九岁的福克纳去参加外婆莱莉娅·斯威夫特·巴特勒的丧礼。不过因为孩童太过年幼而无法理解死别的哀恸，小孩都被安置在外面玩耍，好让大人专心哀悼死去的亲人。二十年后，这个回忆激发出一幅画面。一个胆子很大的女孩在被赶出来后，爬上大树从窗户偷窥里面的丧礼，而她的兄弟就在下面抬头盯着她“沾着泥土的脏内裤”。福克纳决定以这个场景写一个短篇小说。他原本以为自己只会写十页，但写着写着，故事完全超出他的预期。

爬树的女孩叫作凯蒂，她在小说最后远远超出当初所预设：她不再只是个孩子。福克纳回忆道：“也因此，我这个没有姐妹、女儿又在婴孩时期夭折的作家，只好硬着头皮下笔塑造出想象中的命运坎坷的美丽女孩。”凯蒂的一生很快就在福克纳的脑海里成形，在他还没有机会动笔写下她的名字之前，她已经有了三个兄弟。第一个出现的是班吉，他是个傻子，在小说里象征纯真。而这本小说的书名里面其实有班吉的影子，该书名出自莎士比亚《麦克白》里的一句台词：“它是一个愚人所讲的故事，充满着喧哗与骚动。”① 在班吉之后，福克纳又为家族添了两个男孩，此时，他已正式下笔。

《喧哗与骚动》分成四部分，其中三个是从凯蒂三位兄弟的观点书写。福克纳表示这三个部分其实相当失败，无法完美勾勒出小说的全貌。在他写完其中一个人的观点后，总发现自己还要再补充另一个人的视角，小说就这么越来越厚。其中，班吉的观点尤其复杂，他在不同的时间点间迅速移动。福克纳写

① It is a tale/Told by an idiot, full of sound and fury.

到一个段落时，很希望这部分能用不同颜色的字体印刷，好帮助读者辨识叙述者的变换，但这么做成本会太过庞大。最后，他以斜体字解决这个问题，并且尽可能简化叙述观点的转换，以防读者跟不上小说人物独特的意识流向、迷失在故事中。

福克纳在安排场景时，仍然未脱离儿时记忆。故事发生在约克纳帕塔法县，是根据他的成长地密西西比的拉斐特县虚构出来的行政区。这个地名冗长而又拗口，是从印第安语变化而来。拉斐特县一直是契卡索族的领地，直到一八〇〇年被白人开垦成农场。“约克纳帕塔法”就是由契卡索语组合而成，意思为“河水缓缓地流过平原”。福克纳其他的几本小说也都是以这个虚构出来的行政区为场景，以至于多年后居然有人问他是否回乡探访过约克纳帕塔法县。而他的回答则是，他从未离开过。

在《喧哗与骚动》的创作期间，福克纳找到愿意出版《坟墓里的旗帜》的人。哈考特出版社（Harcourt）的编辑哈尔·史密斯答应有条件地接受手稿。他要求福克纳大量删减字数，于是福克纳在朋友兼经纪人本·沃森的协助下完成了修稿工作。不过接下来史密斯因为无法说服同事爱上《喧哗与骚动》而回绝了此书。这次的拒绝，再次成为意义重大的转机。史密斯后来离职，和乔纳森·凯普创立出版社，并在一九二九年二月向乔纳森·凯普和哈里森·史密斯介绍福克纳的新小说。《喧哗与骚动》出书后获得很高的评价，但并未立即成为畅销书，然此书却注定在几年后成为文学界的巨著。

一九三七年

《魔戒前传：霍比特人》

J. R. R. 托尔金

J. R. R. 托尔金坐在书桌前改考卷。他是牛津大学的教授，早已习惯批改学生报告之类单调的工作，但在一九三〇年初的这个夏天，这份工作却出奇地令人厌烦。他改完一份考卷并且翻到下一份，却看到一张白纸，它不知怎么地夹进了这沓试卷。空荡荡的纸张驱使托尔金拿起钢笔，写下从脑海里浮现出来的第一个句子："在地底洞穴中住着一个霍比特人。"当时他甚至不知道霍比特人是什么，也不知道他为什么住在地底下。于是他从这个简单的句子出发，缓缓地解开谜题。他回忆道："名字总是在我脑袋里引发故事。最后，我想我最好弄清楚霍比特人到底长什么模样——而这甚至只是个开场白。"此后，他坐在面向北泽路的窗户旁，同一张书桌前写满一张又一张的白纸。每一页，都令他更了解他所创造出来的圆胖矮人。

没多久托尔金就发现，霍比特人其实跟自己很像。他虽然是个成功的学者，但没有沉溺于学术研究的追求。一九五八年十月，托尔金在写给学者德博拉·韦伯斯特·罗杰斯的信中提道："其实除了身高体型，我根本就是一个霍比特人。我喜欢花草、树木和传统的农田景色，我抽烟斗，喜欢粗茶淡饭（但不爱冰箱里的隔夜饭）……我也喜欢穿花哨的背心，甚至在单调无趣的现在，我也照穿无误。”

霍比特人与托尔金是如此相像，所以他们美丽的居住地夏尔当然就代表了托尔金最爱的地区。他自从五岁搬到英国萨尔霍小镇后就渐渐地爱上大自然。萨尔霍镇位于伍斯特郡，那里苍翠的田野和绵延起伏的丘陵是全世界他最眷恋的家园。因此，霍比特人的家就被他安置在童年时期天天冒险探索的丘陵下。他甚至以伯母农庄的名字“袋底洞”来命名霍比特人比尔博·巴金斯（Bilbo Baggins）的地洞住家。

不过托尔金脑海里的《霍比特人》并未像第一句那般自然而然瞬间闪现。他曾说：“故事就像雪花的形成过程，是由冰晶逐渐向外扩展而成的。”小说一层接着一层发展，但托尔金在那个夏日之后又过了几年才重新提笔把后续的故事写出来。此时，他唯一记录下来的细节就是关于一部分地底世界的“索尔地图”。但他必定时常在脑海里思索霍比特人的冒险，所以，当他再次提笔，故事便行云流水地在纸页上成形，并在一九三六年大功告成，这距离他草草写下第一个谜题般的句子已经过了六年。

在这本小说的创作期间，若是时序进入寒冷季节，他的孩子会在每晚晚餐后围绕在他身边聆听刚完成的故事。然而托尔金认为只有大儿子约翰真正享受霍比特人的冒险故事，而其他兴趣不大的孩子则要到几年后，长大了才懂得欣赏这个精彩绝伦的故事。有人声称托尔金完全是为了孩子而创作此书，这样的传闻很可能是他本人所造成。一九六七年，他在《纽约时报》的专访中曾经提道："如果你还年轻，又不想被人取笑，就只好说是为孩子写的。"不过，在私底下，托尔金当然希望拥有家人以外的读者，他盼望着无论是成年人或孩子都喜欢他的小说。

托尔金完成《霍比特人》后，用打字机打了一份全新的稿子，但不包括最后几章。他只是把结局念给了孩子听，就停笔并将稿子束之高阁。当小说还在手稿阶段，读过的人并不多，托尔金大多只在 C. S. 刘易斯创立的文学社团"吉光片羽"（Inklings）分享他的故事。每次他们在名为"老鹰和孩子"的酒吧聚会时，就为社友朗读他的创作。

托尔金多年前教过的学生伊莱恩·格里菲思（Elaine Griffiths）是"吉光片羽"社友外少数读过《霍比特人》的人，她立刻嗅出了商机。格里菲思当时正在为伦敦的乔治·艾伦和昂温出版公司（George Allen and Unwin）翻译古英文叙事诗《贝武夫》(*Beowulf*)。当编辑苏珊·达格纳尔（Susan Dagnall）到牛津拜访格里菲思，听说这部史诗作品，她联络上托尔金，并取得同意将未完成的稿子带回伦敦，飞快阅毕后，便要求托尔金补上最后几章，以便将整本小说提交出去。她的老板斯坦利·昂温（Stanley Unwin）表示，如果他负责童书审稿的十岁儿子读完后给予正面回响，他就出版《霍比特人》。

昂温的儿子和往常一样得到一先令作为报酬，但这份书评应该值得比一先令更多的钱。托尔金的小说受到空前的欢迎。

该书在一九三七年九月出版，并在同年十二月销售一空。昂温确信读者渴望阅读续集，而且绝对愿意花钱买书，但托尔金并没有依循昂温的要求再写矮人的故事。《霍比特人》已经应有尽有，哪还有故事藏在夏尔的地底下？于是他交出了《精灵宝钻》（*The Silmarillion*），这本书的故事也发生在霍比特人的世界，但主角并不是这些讨喜的矮人。然而昂温相当坚持，他不接受托尔金的新书，并再次要求出版霍比特人续集。

托尔金后来决定至少试试看。十多年后，历经多次的停停写写，以及在朋友 C. S. 刘易斯的鼓励下突破一次写作瓶颈，他完成了所谓的“新霍比特人”。尽管刚开始是百般不情愿，但托尔金发现新书里处处惊奇。他在小说完成后如此回忆：“在写这本书的过程中，我遇到许多令我错愕不已的事。”新作品的篇幅很长，远比《霍比特人》更气势恢宏。昂温决定将这部巨著以三部曲的形式出版，并将第一部重新命名为《魔戒现身》（*The Fellowship of the Ring*），接着是《双城奇谋》（*The Two Towers*）和《王者再临》（*The Return of the King*）。

一九四五年

《动物农庄》

乔治·奥威尔

一位年轻人扬手挥鞭，他身旁的马儿已经偏离了道路。鞭子击下，将马赶了回来。乔治·奥威尔盯着那个小小的身影驾驭那匹高大的马，脑海闪过一个想法：“如果动物明白自己的力量其实更胜人类百倍呢？若真是如此，一根鞭子绝对无法控制马匹。我们将失去一切掌控世界的能力。”人类和动物之间的关系，令奥威尔联想到有钱有势的上流族群和贫穷弱势族群之间的抗衡。

奥威尔一直想写个与苏联政府的体制相关的故事，他花了一段时间寻找该国的象征。奥威尔本人是社会主义的拥护者，坚持为底下阶层追求真正的平等。他对苏联政府的看法是：“自从一九三〇年起，我就看不到它根据真正的社会主义做任何改革。相反的，我很讶异，明显的迹象显示他们正朝阶级统治前进，在这个情况下，统治者和其他统治阶层更没有理由放弃手中的权力。”因此奥威尔创作了一个寓言小说，描述动物接管一座农场，宣称众生平等，结果却一塌糊涂。

奥威尔从未去过苏俄，但他亲眼见识过苏联的强大政治手腕。一九三六年，西班牙内战爆发，奥威尔火速赶到前线。这场战争大大影响了这名年轻作家未来的写作生涯。他事后写道："我后来才明白，自从一九三六年后，我每本重要作品的每一个句子都直接或间接地反对极权主义，并且支持民主社会主义。"在战争之前，他曾在短时间内接连出版两本小说和一本自传。西班牙内战后，他持续每年创作一本作品（包括小说和非小说创作），但这时的他已经过战争的锤炼，能以全新的政治观点书写。

奥威尔是英国人，在西班牙并没有官方的人脉，但他决心全力追求理想，过有意义的人生。一九三六年，他在经由法国前往西班牙的旅途中认识一些国际志愿者，但他一抵达巴塞罗那就跟他们分道扬镳，立刻前往独立工党大楼，径自走入党主席约翰·麦克奈尔的办公室大声宣告："我来西班牙加入国民军，对抗法西斯党。"麦克奈尔引荐他加入一个名为"马克思统一工人党"的左翼国民军队。一开始，战友们都把他当外人看，直到大家坐下来并以烈酒伺候。他们本来打算把这个沉默的英国人灌醉，没想到一夜狂饮后，奥威尔是唯一没有醉倒的人，他也因此赢得尊敬。隔天早上，奥威尔就负责操练军队。他是个热情勇敢的军人，好几次和死神擦身而过，有一次甚至被子弹击中喉咙。

一九三七年，共产党在西班牙政府内部取得部分政权，其中包含几位来自苏维埃秘密警察组织"内务人民委员部"的代表。这些代表指控许多人（包括一些"马克思统一工人党"的成员）勾结法西斯党，而引发大规模的逮捕行动，军人和激进分子被审入狱，有些人甚至从此下落不明。奥威尔幸运地携同后来到西班牙和他会合的妻子艾琳逃回英国。他回忆道：“那次的经历实在是宝贵的教训。我见识到极权主义的宣传手法，居然如此轻易地掌控民主国家中的知识分子。”回国后，他不再对苏联政府抱持任何希望，而在他看到那个牵着高大马匹的男孩时，他终于为他的警世小说找到象征。

他在一九三七年有了《动物农庄》的主架构，但一直等到一九四三年的冬天才开始动笔写稿。每晚，他和艾琳因为天气太冷而蜷缩在床上取暖，他会把当天完成的段落念给妻子听。艾琳一定觉得相当开心，奥威尔向来不允许她阅读尚在创作中的故事。小说完成后，奥威尔一家家投稿，却不断遭到拒绝。有位出版商几乎要答应，但后来还是婉拒。他写信给奥威尔时附上这样的短笺：“我认为这样影射统治阶层会得罪许多人。”奥威尔感到绝望，甚至有了自己出书的打算。

奥威尔做了最后一次尝试。他跟踪塞克尔和沃伯格出版社（Secker and Warburg）的弗雷德里克·沃伯格。这是一家小型的独立出版社，曾经出版过奥威尔的两本书。奥威尔之前可能是想打开名气，所以只尝试较大型的出版社，但现在剩下的选项显然只有塞克尔和沃伯格出版社了。沃伯格当时刚用完午餐，正从酒吧走出来，奥威尔快步接近，并将他拉到酒吧墙边。一头乱发的奥威尔紧张地把又薄又烂的《动物农庄》手稿递出去。而他相当担心这位出版商也像之前的出版社那样认为小说太过反俄。

然而沃伯格的看法竟完全相反。他决定冒险出版这本争议性十足的小说，而他的妻子则警告他，若真的出版此书，就要离婚。但话说回来，纸张在战争期间是如此珍贵，沃伯格却仍然设法印刷出书了，他的妻子虽然很生气，还是选择留在固执的丈夫身边。《动物农庄》于一九四五年八月在英国上市，最初只保守地发行四千五百本，但几天内就销售一空，沃伯格见势立刻再加印。之后，《动物农庄》的销售量稳定成长，并且在一年后于美国上市，随即成为畅销书，之后又被“每月读书会”选为当月的推荐书，使得销售量冲破了五十万本。

一九五〇年
《纳尼亚传奇：狮子、女巫和魔衣橱》
C. S. 刘易斯

在一个平凡无奇的白天，C. S. 刘易斯忽然陷入白日梦，来到远离大布克姆的村子、一片白雪皑皑的陌生树林。堆积在树顶上那些复杂精细的雪花和周遭柔滑的白色大地融合在一起。这片荒野和英国其他乡村的冬日一样宁静安详，突然间，一只疲惫的动物跑了过去。是人羊——人类和山羊的合体。他虽然有动物的四肢，看起来却像个绅士，相当不协调，手上还拿着雨伞和一堆包裹。十六岁的刘易斯搞不清楚人羊要往哪里去，直到他四十岁，才想把答案找出来。

在那个白日梦后又过了几十年，刘易斯决定写本童书。他回忆道："我不确定我生命中的那一年，是因为怎样的原因让我不只想写童话故事——而且还得是专为儿童写的童话，我必须写——或者说，我必须让想法犹如爆炸般喷发出来。"于是他开始思索写作题材，此时，多年前那个奇怪的白日梦溜进脑海。刘易斯决定跟踪那只人羊，却完全没有概念自己会走到哪里。但在走进树林前，他必须先搞清楚那个地方在哪里。没多久，他就发现那个地方跟他在牛津郊区的自家房子一样，是栋普通的乡村别墅。而且地图上根本找不到这个地方的入口。因此，他的主角们必须穿过衣橱才能进入这个魔境。

他在第二次世界大战刚爆发时开始构思这个童话故事。当时政府为了预防敌军入侵，将数以万计的孩童撤退到内陆的乡野。有一群女学生住进刘易斯的家，并由他身份特殊的室友贾妮·穆尔负责照顾。刘易斯在第一次世界大战时从军，并和好友帕迪·穆尔约定，若其中一人战死，活着的人必须照顾对方的家人。帕迪后来为国捐躯，刘易斯则信守承诺，将珍和她的女儿慕琳带回来一起生活。他们住在一栋名为“窑居”(the kilns）的雅致房屋里，四周围绕着八英亩的田野。

这些暂时来访的难民使得刘易斯的家变得拥挤，但她们都是乖巧的客人，同时也为他的童话故事带来许多灵感。他决定不把这幻想故事背景设定于现实生活的第二次世界大战，而将背景拉到一个如诗如幻的场景中。他在笔记本里简略地写下初步构想。他打算写四个孩子的故事，这些孩子因为战争的缘故离开伦敦，来到乡下，住进老教授的房子里。在《纳尼亚传奇》里，年纪最小的孩子不小心跌进教授家里的神秘衣橱。那是一个巨大的橡木衣橱，跟刘易斯家里的很像，前面都有一面镜子。小女孩拨开一件件的外套（而不是撞上衣橱后面的橱壁），最后踏进被雪覆盖的树林，并且撞见那只人羊。

人羊催生了《纳尼亚传奇》，不过刘易斯认为狮子“串联起了所有故事”。他在动笔后发现自己竟写不下去，直到开始梦到狮子才知道如何发展这个冒险故事。他的“狮王”叫作阿斯兰(Aslan)，是根据土耳其语“狮子”的发音命名。而魔衣橱后面那片大地的地名也是取自现实生活。刘易斯当时正在浏览《穆里古典小地图集》(*Murray's Small Classical Atlas*)，他停下来在一个镇名底下画了条线，那是位于意大利中部的纳尼亚（意大利文写作 Narni)。这个地名听起来很特殊，很有魔幻的氛围，非常适合他虚构的王国。

他在写作期间曾请友人 J. R. R. 托尔金评论前几个章节。托尔金是文学社团“吉光片羽”的一员。这群文学爱好者才刚刚开始在牛津大学的莫德林学院刘易斯的研究室聚会。他们喝着啤酒，谈论文学，并且朗读自己的创作。后来的聚会地点不断增加，其中包括一家叫作“老鹰和孩子”的当地酒吧。先前，在托尔金多年写作《霍比特人》的岁月里，刘易斯曾倾力相助，所以便希望托尔金以同样的热情支持他的童话故事。托尔金虽耐心地听完前几章的朗读，却相当不以为然。有一次，刘易斯不在场，托尔金直率地和“吉光片羽”的成员罗杰·兰斯林·格林讨论此书，他大喊：“这本小说不会成功的！”但其他团员（包括格林）都很支持刘易斯继续创作。托尔金一直不喜欢这本小说，每当刘易斯想要讨论纳尼亚的故事，他就离开聚会。但刘易斯并未受到他的影响，甚至开始寻找出版社。《纳尼亚传奇》在一九五〇年上市后立刻成为畅销书。此后，事实证明有许多的书评家和读者对小说的评价都和托尔金背道而驰。

一九五二年

《夏洛的网》

E. B. 怀特

E. B. 怀特看着一只灰色大蜘蛛在精致的蛛网上爬来爬去。许多人都会被这个景象吓到尖声惊叫，但怀特简直为这只优雅的生物深深着迷。他后来发现它名叫谷仓蜘蛛，和其他织圆网的蜘蛛一样，经常拆掉并重建蛛网。这只蜘蛛住在怀特位于缅因州北布鲁克林的后院小屋中，而且静静地为怀特编织出想象力之网。

某日，怀特在穿过果园前去喂猪的路上，脑中闪出一个灵感。那时他刚辞掉在《纽约客》每周刊登的“且评且记”（*Notes and Comment*）专栏撰写有趣文章的工作，全心专注创作，并且享受农家生活。他的农场里有很多动物，不过他发现饲主和牲畜之间的关系令人十分为难。他曾说：“农场对一个喜爱动物的人而言真是五味杂陈。农场里大部分的动物最后必定沦落被主人宰杀的下场。”虽然怀特不但饲养也宰杀牲畜，但在《夏洛的网》里，他决定扭转农场动物悲惨的命运。他已经花了一段时间构思一个拯救小猪的童话故事，但他还不确定该由谁来担任英雄。这时，他听着身旁提桶里的猪食汤汁晃动的声音，思绪飘到那只高贵的蜘蛛和它的蛛网上。或许，这只匠心巧手的织工可以拯救小说里的猪呢！

怀特在农场后方的船屋里书写《夏洛的网》。他喜欢在雨天里写书，若是在阳光普照的大晴天，就会有太多美丽的事物令人分心。咯咯的鸡群低着头啄食、牛只在青草地上漫步、小猪在泥里打滚，这些景象都非常吸引这位前纽约客。他写书时偶尔会抬头穿过雨幕，望着小海湾——他就是在那里发现这座农庄，并买下来打造成温暖的家的。他和妻子凯瑟琳在一九三五年沿着缅因州的海岸航行，瞥见一座谷仓。隔天，他们又开车经过同一座农场，并且发现它正在出售，于是他们买下了农场。而那座谷仓后来也成为小说里动物之家的原型。

他在写书期间经常到后院小屋拜访他的灵感之神，而它仍然在那里编织着它短命的蛛网。怀特在一个寒冷的秋夜发现一个卵囊，并立刻搬来梯子，架好灯泡，以便目睹蜘蛛宝宝的诞生过程。但小蜘蛛还没孵化他就必须去纽约一趟，他担心会错过重要的时刻，因此把卵囊和母蜘蛛装进盒子里带到纽约，再塞进梳妆桌里。他回忆道："几个星期后，我讶异地发现夏洛的女儿从盒盖的气孔钻了出来。它们在我的梳子和刷子、刷子和镜子之间编织了细丝线……我们开心地一起生活了几个星期，结果负责打扫的人提出抗议，我只好停止这场表演。"纽约客就是无法像怀特那样与自然和平相处。虽然刚孵化出来的蜘蛛宝宝惊吓到别人，怀特仍觉得这真是令人感动的体验，并因此想到故事的结局：夏洛的儿女出生。

那只来自怀特的小屋后院的蜘蛛生下的孩子从纽约返回后在他的农场住下，这个故事也因此延伸得更远。怀特在写给编辑卡斯·坎菲尔德（Cass Canfield）的信里提到，他经常不小心碰坏蛛网，而母蜘蛛每次都会重新编织。最后那只聪明的蜘蛛认输，迁移到他行经的路线之外结网，免得自己的家一再被弄坏。它令怀特想起《夏洛的网》里那只厉害的织匠，并且如此说笑："它的灵巧总是让我佩服不已，所以我现在正在教它'写'书，而且打算让它在布伦塔诺书店的橱窗里为书宣传。"结果，小说根本不需要蜘蛛帮忙推销，书一上市就大卖，并迅速攀上《纽约时报》畅销书的榜首，甚至霸占宝座整整三个星期。

一九六一年

《第二十二条军规》

约瑟夫·海勒

就在约瑟夫·海勒沉沉睡去时，两个句子突然跳进他的脑海中。灵感总是选择在奇怪的时机或在日常活动中迸出来，他曾在遛狗、刷牙，或只是躺在床上的时候灵光一闪。他是这么解释的："都是灵感自己来找我，我从来不主动找灵感。它们会在我迷迷糊糊做白日梦，或在幻想发呆时降临。"这些灵感通常有些没头没尾、片段零碎，而那晚跳进他脑海中的句子也不例外。"这是一见钟情。他第一次见到那位随军牧师时，'某人'便疯狂地爱上了他。"海勒当时并不确定"某人"是谁，也不知道这位牧师在哪里布道，但他会慢慢补上细节。这些句子充满可能性。他跳下床，在位于纽约上西区的小公寓里来回踱步。走着走着，这两个句子逐渐向外延展，一个故事俨然成形。翌晨，他到广告公司上班，并且完成了《第二十二条军规》的第一章。

他在半夜踱步时想出，这名虚构牧师是在第二次世界大战期间在军中服务。海勒前些日子才和朋友讨论过战争黑色幽默的一面，而其中一位朋友因为在战场上受伤，不是很能接受这种类型的玩笑，不过另一位军人却觉得很中肯。那次谈话给了海勒将此二句拿来描写战争的灵感。他提到："那天谈话后，《第二十二条军规》的开场和许多可供书写的事件就都浮现出来了。"他的小说将带领读者从喜剧的角度观看战争及战争的荒诞之处，还有无意义的暴力及肤浅的官僚政治。

对海勒来说，第二次世界大战是个很熟悉的场景。他在一九四二年入伍，被编入美国陆军航空队，后来成为轰炸机的投弹手。他原本是为了体验刺激的生活而入伍，但直到坐船离开法国外海的科西嘉岛之前，他只见识过几场小战役，因此相当失望。但没多久后，海勒服役的飞机上一位炮兵受伤，他才惊觉："天啊，他们也想杀了我。"此后，战争失去魅力。小说的主角约塞连也是一名投弹手，但他不像作者那么天真烂漫。海勒动笔写书后曾帮约塞连澄清："如果当年的我像现在一样了解战争，他可能就是我想成为的那种人。"

他的经纪人在他完成《第二十二条军规》的第一章后，便成功地把还没写完的小说卖给了西蒙与舒斯特出版社（Simon and Schuster）的罗伯特·戈特利布（Robert Gottlieb）。这是海勒的第一本小说，而他花了很长的时间才完成。他回忆道："在写《第二十二条军规》的时候，我变得很暴躁、很沮丧，一个晚上只能写出一页。我自问：'天啊，我是个获得英语硕士的成年人，为什么还写得这么慢？'"但他很严谨，总是要严格地修稿后才会继续往下写作，所以无法加快速度。不过他在构思小说和缓慢写书的期间，依然经历过许多次"灵光一闪"的瞬间。他会随身携带三乘五大小的卡片，以便记下跳进脑海里的句子，这通常会发生在他独处的时候。直到他写完小说，卡片已经可以塞满一个鞋盒了。

海勒在创作期间都以《第十八条军规》称呼他的小说。但是出版社发现书名跟另外一本的太相似，于是要求更换。由于畅销作家里昂·尤里斯（Leon Uris）的新书《米拉十八》（*Mila 18*）几乎和《第十八条军规》同时间上市，读者很可能误以为两本是同一类型的书，而不假思索地选择购买尤里斯的小说，忽略这名新作家初试啼声之作。于是他们开始寻找别的数字，海勒建议十四这个号码，但戈特利布觉得它太普通；而十一这个包含两个一的数字在小说里看起来挺顺眼，可是去年——也就是一九六〇年——才有部叫作《十一罗汉》的动作电影上映。他们最后决定用二十二，它也是重复的数字，并且独一无二，上市后绝对不会造成读者的混淆。

《第二十二条军规》的结语和开场白一样，是突然跳进海勒的脑海里的。当时他坐在公交车上，就在思绪快要飘走时，结语浮现。那是一个简单却力道十足的句子："军刀一挥而下，却偏了几寸没砍到，他顺利脱身。"① 这个时候，海勒应该也像平常那样抽出卡片、记下句子。他向来都要想出结语后才会开始创作。这次，他的确是从那句开场白发展出第一章，但他可能是等到公交车之旅后、有了结局和方向，故事才继续往下开展。

---

① The knife came down, missing him by inches, and he took off.

一九六七年

《百年孤独》

加夫列尔·加西亚·马尔克斯

加夫列尔·加西亚·马尔克斯握着方向盘在迂回曲折的道路上行驶，他正从墨西哥市开往阿卡普尔科。就在低吟的引擎声中，灵感怦然驾到。一句开场白突然显现：“多年以后，面对行刑枪队，奥里雷亚诺·布恩迪亚上校将会回想起父亲带他去见识冰块的那个遥远的下午。”马尔克斯立刻领悟，在这鲜明有力的句子背后必然有一个波澜壮阔的故事。所以，即使他非常需要度假，也已经和家人上路，他仍当机立断踩下刹车，立刻掉头回转，结束了长长的车程，回家写作。

不过，后来有些说辞（其中一部分是作者本人亲口说的）和上面马尔克斯本人诉说的故事相抵触。对一名说故事高手来说，用神话般的故事来包装自己的创作过程不足为奇。他那天或许没有立刻掉头回家。或许在灵光一闪的刹那，出现的并不是那句开场白，而只是一个想法或意念。但可以确定的是，马尔克斯在那段车程中灵感澎湃涌现，而且他一到家就迫不及待地埋首写作。

马尔克斯在八岁以前都是和祖父母一起生活。他们住在哥伦比亚的热带小镇阿拉卡塔卡。某日，他和祖父参观当地一家商店，看到一箱冰封在冰块里的海鱼。那是马尔克斯第一次看见冰块。他也没想到自己伸手碰触那个奇怪的物体时，居然会感到一阵灼痛。他不能理解，为什么应该是很冰的东西摸起来却是灼热的。童年的经验给了他很多的创作灵感。第一次碰触冰块的记忆深深嵌入作者脑海，并在前往阿卡普尔科的车程中冒出来找他。

马尔克斯花了将近一年的时间创作这本小说。其间，他辞掉了广告公司的工作，全神贯注地写书，因此他和妻子梅尔塞德斯必须学会精打细算求生存。首先，他们卖掉了马尔克斯开去度假的汽车。接下来的几个月，存款不断缩减，他们又卖了包括电视机和冰箱等较贵重的家用品，他们深信付出一切便可成就未来的传世巨著。刚开始，梅尔塞德斯一直想办法拖延房租，到最后，她不得已告诉房东接下来的八个月她都没有钱付房租。她甚至说服当地的肉贩同意他们长期赊账。在她的运筹帷幄下，一家人在马尔克斯埋头辛苦工作期间度过了物资缺乏的困苦日子。

马尔克斯在创作初期曾经怀疑自己放下一切、追求文学的决定。他回忆道："我写完第一句开场白就害怕地问自己：接下来怎么办？"幸好，他的文思在写完十页后开始流畅起来。文字、句子和故事背景源源不绝地从打字机下涌出，他以前从没有如此顺利的经验。就连他的打字员佩拉·阿莱萨（Pera Araiza）也深深着迷于这本逐渐成形的小说。她总会收到写满批注的打字稿，然后改掉满篇的错字，再重打一份。后来她利用周末，瞒着马尔克斯主办读书会，将当周完成的稿子朗读给读者听。《百年孤独》就在一场场的周末读书会上获得一群当地读者，不过没有人比作者更深爱这本小说、愿意奉献所有。当布恩迪亚上校无法逃避的死期来临，马尔克斯甚至放下笔走上楼，在沉睡中的梅尔塞德斯身旁啜泣了两个小时。

就如当初在往阿卡普尔科的车程中被开场白击中那般，《百年孤独》的结局也是突然降临。马尔克斯到当年第一次碰触冰块的阿拉卡塔卡镇做客，而小说的最后一幕便在某个傍晚显现。他立刻结束旅程回家，而这次，与开头相异，小说立刻朝终点全速前进。《百年孤独》上市后大受欢迎，马尔克斯从此翻身、摆脱贫穷，成为国际知名作家。

在传说与改编之间

这个故事随着笔者的描绘而逐渐壮大。

——J. R. R. 托尔金《魔戒现身·前言》

人类口述传统历史悠远，在故事被文字记录下来之前，内容会随着世代的变迁多有更动。改编故事向来很简单，只要选个想象力丰富的古老传说，改写其中平凡无趣的人物，又或者拿掉悲哀的结局，以皆大欢喜的方式收场。凡是尚未诉诸文字的故事可塑性都很高，而如此的弹性正是此篇提及的数位作者梦寐以求的。

接下来谈论的几位作家，无论他们是取材自古老传说，或是自己想出来的故事，都在写作过程中和灵感不期而遇。刘易斯·卡罗尔和三位女孩在泰晤士河上划船时发现了仙境。法兰克·鲍姆讲故事正讲到一半，无意间就来到奥兹王国。而A. A. 米尔恩是在讲故事哄孩子睡觉时，跨进小熊维尼的家门。这些作家大多是在讲故事的时候意外触发了灵感的火光。而这样的传统或许会流传下去，未来，某位作家拿起其中一本名著，大声朗读，却无心插柳柳成荫，一本全新的文学瑰宝就此出现。

一八一八年

《科学怪人》

玛丽·雪莱

雷声隆隆，闪动的电光击中了瑞士的山巅。横行数日的暴风雨将此区特有的美丽乡野摧残得泥泞不堪，令人望而生怯。玛丽·戈德温（Mary Godwin）和家人好友在恶劣的气候下，千辛万苦地翻山越岭，终于抵达日内瓦湖，眼看着期盼中的美好假期就要泡汤，大雨击打着窗户玻璃，一群人只能挤在炉火旁边打发时间。

时值一八一六年，当时十七岁的玛丽和未婚夫珀西·比希·雪莱带着四个月大的儿子威廉来到瑞士旅游。雪莱才刚离开原配妻子和玛丽私奔，所以女方的父亲强烈反对这段婚外情。玛丽同父异母的妹妹克莱尔·克莱尔蒙特此次也与他们同行。是她提议趁名诗人拜伦到日内瓦湖畔度假时前来拜访。克莱尔今年春天和拜伦有过短暂的恋情，现在迫切地想再续前缘。

他们抵达日内瓦不久，随即入住古雅的湖畔小屋，从这里只要步行十分钟就能抵达拜伦和他的私人医生兼企图心旺盛的作家——二十岁的约翰·波利多里一同住的豪华别墅。这两家人常常一起在日间散步，或相约在月光下到湖中划船。所以没多久他们就成为日内瓦当季最受瞩目的焦点之一。拜伦在文学界素有名气，而他混乱的感情生活也令人津津乐道，游客都渴望亲眼见见这位大名人。有个饭店老板头脑动得很快，甚至租来望远镜让客人偷窥拜伦和他的朋友。而现在天气变坏，这群人必须待在屋内，避开外人的眼目，游客必定大失所望。

某晚，他们在拜伦的别墅里聊天，有人找到一本很适合暴风雨夜晚的书，一本翻译成法文的德国鬼故事集。他们聚在炉火旁轮流朗读，每个人都被吓得汗毛直竖。朗读完毕后，思虑敏捷的拜伦决定挑战来客，要他们每人都写一则惊悚故事。

玛丽曾说，当时只有她一个人需要绞尽脑汁、费力地应付这即兴创作。雪莱写了一个由青少年经验而来的鬼故事，而拜伦则写了一个可怕的吸血鬼的片断，不过波利多里的一点都不可怕。他写的是“一个骷髅头小姐，她因为从钥匙孔偷窥别人而受到严厉的处罚”。玛丽觉得这个故事很无趣。尽管得到很差的评价，但这个游戏却意外地造福了这位年轻医生。他后来根据拜伦舍弃不用的片段完成了大受欢迎的《吸血鬼》(*The Vampyre*)，而这也是第一本英文吸血鬼小说。

玛丽对自己的故事抱有很高的期许，它“应该会把读者吓得四下张望、血液凝结、心跳加快”。但事与愿违，她所想到的故事都不可怕。每天早上都有人问她进度，而她总以摇头来回答。在这段时间，他们几个人依然天天聚在一起讨论文学和科学。某天，玛丽听到雪莱和拜伦的一段对话，他们正在讨论电疗法有了重大突破，可以起死回生。科学家用虫子做实验，打算让死掉的虫子再次动起来。这个电疗实验引起道德问题的争议：如果它也能让人类的尸体复活呢？

到了晚上玛丽还在想他们的讨论，以至于完全睡不着，就在她翻来覆去之时，脑海里闪出一个影像，那是一只由尸体碎块缝补而成的怪物。玛丽回忆道："我看见一位钻研旁门左道的研究生，一脸苍白地跪在他拼凑出来的物体旁边。我看见一个怪物般丑恶的人躺在那里，然后引擎强力运转，那个人活过来，并且开始笨拙且迟缓地移动。"玛丽被吓醒过来，灵感也来了。这场把她吓坏的噩梦必定也能吓到其他人。她终于有东西可写了。隔天，拜伦和雪莱去湖上划船，玛丽就留在家里书写一名闯下大祸的科学家，以及他用电流创造出来的活体怪物。

一八一九年

《瑞普·凡·温克尔》

华盛顿·欧文

华盛顿·欧文陷入写作“撞墙期”，痛苦不堪。此时距离他于一八〇九年发表的第一本创作——风格诙谐幽默的《纽约外史》(*The history of New York*) ——已过了好几年。刚开始，他相信或许休息一阵子也是好事。他曾经提到：“我希望尽可能小心地写作，这么做就算不能让我写出更好的作品，至少我不会因为大量地写而错误百出。”但当欧文终于准备好再提笔创作时，却想不出任何有趣的题材，于是他心情低落地来到英国伯明翰拜访姐姐莎拉·凡·沃特（Sarah Van Wart)。

欧文一向喜欢住在被他戏称为“凡·特龙城堡”(Castle Van Tromp）的房子，但这次他因写不出东西而闷闷不乐。他的姐夫亨利为了逗他开心，故意提起纽约的哈德逊河谷。欧文在纽约长大，拥有美丽的童年回忆，他在那里尽情探索浓密的黑暗森林，快乐地沉浸于当地的荷兰文化；他和姐夫愉快地谈论着童年时光，突然间却跳了起来，往房间冲去，坐下来写作。

他疯狂地写着，编织出一个个由祖国激发出来的故事。他描写一名沉睡多年后突然清醒过来的男人，这个故事和作者当时的情况很像。他的想象力也是在突然间被唤醒。故事主角瑞普住在卡兹奇（Catskills），这是根据作者少年时期的回忆虚构出来的地方。作者提到："对一个小男孩来说，在整个哈德逊河谷之中，卡茨基尔山（Kaatskill Mountains）是最魔幻也最神秘的地方。"隔天早上大家在吃早餐时，欧文抓着一沓手稿冲进餐厅。他虽然彻夜未眠，却精神奕奕地在早餐结束后朗读了《瑞普·凡·温克尔》。

一段追忆童年往事的对话让欧文整夜文思泉涌，不过这个故事还有另一个源头，那就是德国的民间故事《彼得·克劳斯》（*Peter Klaus*）。彼得是一名牧羊人，被神秘男子引到奇山异水之地，喝了大杯子里面的酒后沉沉睡去。他醒来时，发现自己躺在以前的牧地上，但羊群不见踪影，周围的青草都长得很高，而他的胡子居然长至及地。他吃了一惊，逐渐明白真相——他竟然睡了二十年。瑞普醒过来后跟彼得一样讶异，不过作者以他著名的幽默笔法和美国人的感性，将德国的民间传说修改一番。

欧文在写作《瑞普·凡·温克尔》期间收到哥哥寄来的信，信里提到为他在海军部门安排了一份工作，但这个短篇故事给了作者信心，让他决定走一条与众不同的路。他回信婉拒："我不希望每天重复一样的例行公事，这会阻拦我继续追求文学之路。"他要当一位全职作家，之后，《见闻札记》（*The Sketch Book of Geoffrey Crayon*）——此文集中收录了《瑞普·凡·温克尔》——成功奠定了他在文学界的地位。

当时欧文是以笔名杰弗里·克雷恩（Geoffrey Crayon）出版《见闻札记》的。他习惯用笔名，而这个手法让他的第一本小说《纽约外史》受到高度的注意。《纽约外史》是以迪德里希·尼克博克（Diedrich Knickerbocker）笔名出版，这个人是作者虚构出来的荷兰老历史学家。在《纽约外史》上市前，作者和出版商在报纸上刊登了几则关于尼克博克的文章。他们用了“急寻”这类的标题，提醒读者留意一位“失踪的老绅士，穿着黑色的旧外套，戴着三角帽”。报纸文章对这位老先生介绍甚少，只说他留下债务和一本奇书《纽约外史》。这些谎造出来的报道是聪明的营销策略，而且也达到不错的效果。所以在《纽约外史》进入印刷阶段时，读者已经相当了解老历史学家，有人甚至以为真的有这个人存在。老历史学家在《见闻札记》再度现身。欧文在此文集中透过老历史学家，讲述了两篇故事：《瑞普·凡·温克尔》和《睡谷的传说》(*The Legend of Sleepy Hollow*)。这两篇故事成为欧文最受欢迎的作品，巧妙的是，作者也是在这次拜访姐姐和姐夫的关键之旅中，草草写下《睡谷的传说》的故事大纲。

一八六五年

《爱丽丝梦游仙境》

刘易斯·卡罗尔

刘易斯·卡罗尔划着桨，小船缓缓地滑过波光粼粼的湖面，三个小女孩仰望着他，异口同声地喊着："拜托！讲故事给我们听。"身材高瘦、鬈发、灰蓝色眼睛的卡罗尔停下来不再划桨，一会儿后就想出了精彩的冒险故事。这位年轻的数学家经常讲故事，而在一八六二年七月四日，他讲了一个令人难忘的故事：一个女孩跟踪白兔钻入山洞的奇遇记。

故事中坠入仙境的好奇女孩是根据爱丽丝·利德尔命名，她是那艘小船上爱听故事的三姐妹之一。她虽然只有十岁，却是卡罗尔最要好的朋友。几年前，三姐妹的父亲被选为牛津基督教堂学院的院长，于是全家搬到牛津，而卡罗尔就在此区教数学。他很喜欢利德尔家的孩子哈利、洛里娜、爱丽丝和伊迪丝。他认识爱丽丝和她的姐妹的那天在日记上写着："今天真是我的幸运日。"而这句话也预见了一个重大时刻的到来。一般认为他不善社交，个性害羞，会紧张到口吃，但和孩童在一起时是舒服自在的，他后来也跟利德尔一家变成很好的朋友。

就在那个晴朗的夏天，作者和鲁滨逊·达克沃斯带着女孩们到戈斯托（Godstow）野餐。爱丽丝很喜欢坐船往泰晤士河的上游探险。她满心盼望等着抵达目的地，好尽情享受美味的佳肴，篮子里可能有蛋糕、甜点，或者是鸡肉大餐和色拉，而且还可以请卡罗尔讲精彩的故事。这天的即兴故事甚至以爱丽丝为女主角，小女孩必定更着迷，不过其他人也被卡罗尔的想象力吸引。达克沃斯难以置信卡罗尔居然能在当下想出这么精彩的故事。他甚至打断故事问他的朋友："这个冒险故事真的是你刚想出来的？"而卡罗尔回答："对，我一面想，一面讲。"

这次的冒险之旅过了二十五年后，卡罗尔是这么分析他笔下许多故事："犹如夏日之蚊的生命般短暂，只存活了一个美好的下午。直到某天其中一位小听众突如其来请求我把故事写下。"那天冒险回来后，爱丽丝随即请求卡罗尔把故事书写成文，而作者在当晚立即动笔。不过他在小朋友的鼓励下一次又一次地重述，这个故事就跟着不断地扩展。接着，他们再次进行逆流而上的探险，回来后，卡罗尔在日记上写着："我必须继续写这个'爱丽丝的冒险故事'。"

卡罗尔从周遭的人事物汲取灵感，并将取材自现实生活中的人物移植到仙境里。在《爱丽丝梦游仙境》第二章的结尾，卡罗尔把首次述说这个故事的那次关键的野餐写进了小说。故事里的爱丽丝后来变得很大，她吓得哭出来，却又突然缩小，必须在自己的泪水里游泳。好几只动物也掉进泪池中，而其中的禽鸟就是以小船上的成员为原型，例如：卡罗尔是多多鸟（dodo），这是他真实姓名中道奇森（Dodgson）的谐音，达克沃斯（Duckworth）是鸭子，洛里娜（Lorina）是鹦鹉（lory），伊迪丝（Edith）则是小鹰（eaglet）。

大约在作者第一次把爱丽丝送进兔子洞的一年后，故事完成，他在好友的鼓励下开始寻找出版社。一八六三年十月，他把手稿交给了当地知名出版社的合伙人亚历山大·麦克米伦。这位出版商承接了小说，并在两年后，也就是一八六五年的十一月将其出版。多年来，卡罗尔写了很多文章、短篇故事和诗歌，不过《爱丽丝梦游仙境》是他首次出版的作品。他和麦克米伦面谈的几个月后，他在原名为《爱丽丝地下历险记》（*Alice's Adventures Under Ground*）的插画版补上最后几笔，完成个人专有的绘本，并且以绿色牛皮装订成书送给爱丽丝·利德尔。他在书里题字："这个圣诞礼物要送给一位可爱的小朋友，纪念一个美妙的夏日午后。"不过此时卡罗尔已经不像一八六三年的夏天那样固定拜访利德尔家的孩子。因为一个至今仍然成谜的事件，他不再去找他们了。尽管友谊不再，卡罗尔仍然时常回忆那次愉快的野餐。《爱丽丝梦游仙境》以一首诗作开场，他在诗中提到在泰晤士河上的"黄金午后"：

就这样，奇境的故事出现，
就这样慢慢地、一个接一个地，
古怪的事件被淬炼而成——
现在故事已经结束，
我们这群快乐的伙伴，同驶向归程，
在夕阳之下。

一九○○年

《绿野仙踪》

李曼·法兰克·鲍姆

李曼·法兰克·鲍姆倚靠着走廊的衣帽架，他的孩子围成一圈，聆听父亲最新的创作。但故事讲到一半，鲍姆便分心了，人物和故事情节都从原来的轨道滑开，他整个人沉浸在另一个截然不同的故事里。这是一个以前从未讲过的全新故事。他将孩子带到另一个房间，自己抓起铅笔和一张白纸，开始写作。他的手在纸上飞快地写着，试着追赶上脑海浮现故事的速度。写完一张后，他抓来用过的信封继续写。当龙卷风卷起桃乐丝的房子、将她吹到奇幻的奥兹王国，鲍姆也跟着紧张、着急，完全沉浸在仙境中。

鲍姆是以非小说类的作品开始写作生涯，二十岁前曾写过一本叫作《鲍姆的邮票买卖指南》(*Baum's Complete Stamp Dealers' Directory*）的小册子。接下来，是本饲养鸡的专书《汉堡之书》(*The Book of the Hamburgs*)，这本书在他三十岁时出版上市。写完家禽后又过了十年，他回到最初的爱：小说创作。第一本短篇故事集上市时，他送了一本给姐姐玛丽·路易斯，并在书内题词："年轻的时候，我渴望写一本伟大的小说，并想要成名。现在年纪大了，我的第一本小说只想逗孩子开心。”这本书就是《鹅妈妈故事集：散文版》(*Mother Goose in Prose*)，于一八九七年出版，虽然没有成为畅销书，却带着鲍姆踏上童书创作之路，最后成为重要的儿童文学作家之一。他接连又创作了两本童书，都属于韵文故事集，其后，想写伟大小说和现在只想逗孩子开心的两个梦想相融合，就产生了令人惊叹的奥兹国故事。

一八九八年，他无意识地疯狂写作，但一年后，故事的进展速度就慢了下来。他说：“故事里奇特的人物大多来自随时都会降临的灵感，但冒险情节的安排实在花了我好多时间。”他辛勤地写作，利用零散的纸张记下突然闪现的想法。没多久，他铺出黄砖路，盖好翡翠城，一本为美国孩子写的现代童话故事的地基完成了。鲍姆曾经提到：“写童话故事给孩子看，逗他们开心，让精力旺盛的孩子安静下来，转移病童的注意力，驱散雨天的阴闷，似乎比成人小说更有意义。”他受够了格林童话以可怕的结局将恐惧打入孩子的幼小心灵。他的童话没有传统故事邪恶的面向，“保留好奇心和娱乐，剔除把人吓破胆、噩梦般的情节”。《绿野仙踪》和作者小时候读的可怕故事截然不同，它充满了希望，并且专为美国读者而写。

鲍姆童话里的人物和结局的安排都是原创，是在其他著名的寓言里找不到的。《绿野仙踪》出版后，无数读者都在猜想鲍姆的灵感来源，但众说纷纭，无一定论，不过这也给了我们机会一探作者的创作过程和私生活。

鲍姆的妻子莫德（Maud）坚持《绿野仙踪》整本都是她丈夫的原创作品，就连那个仙境的地名也是。她提到："'奥兹国'这几个字，就和其他古怪的人物一样都是从鲍姆脑袋里跑出来的。"但鲍姆本人曾说过，他的灵感是来自周遭的环境。那天，他坐在书桌前思考书名，目光却落到柜子上。那个柜子的抽屉上贴有字母卷标做分类，而最底下的抽屉就是"O—Z"[①]，他的脑袋似乎"当"地发出声响，他立刻下了决定。但他的大儿子法兰克·乔斯林（Frank Joslyn）却有另一个不同的版本。他说父亲当时正在为几个儿子和他们的朋友朗读桃乐丝的冒险故事，其中一人询问桃乐丝的房子掉到哪个地方，而父亲必须马上回答，于是便搜寻着房内，在目光落到档案柜上时，便从最底下的抽屉拉出"O—Z"这个灵感。

法兰克·乔斯林也说过，父亲一直想要女儿，却连生了四个儿子。妻子每次怀孕，鲍姆都仰颈期盼着一个女娃娃，甚至已经开始想名字。"桃乐丝"是他的首选之一，不过既然没有机会用，就给了他这名住在堪萨斯州乡下的小女主角。这是法兰克对于女主角名字来源的说法，但有人认为，现实生活中应该有几个桃乐丝带给鲍姆创作的灵感，其中包括他妻子喜爱的小侄女，但她五个月大时生命就结束了。鲍姆从未承认小女主角和桃乐丝这个名字跟这些女孩有关，所以小女主角的原型就此成谜。

① 奥兹的原文为 Oz。

稻草人、锡人和胆小的狮子则是分别从生命的不同面向走进作者的脑海。在农场长大的鲍姆很小的时候就相当着迷于稻草人。他回忆道："我小时候总觉得它们会对我招手，然后站起来用长长的腿走过农田。"因此，他选了一个稻草人对桃乐丝眨眼、打招呼。

然而，锡人可能是从某份临时兼职冒出来的。鲍姆的儿子哈利·尼尔（Harry Neal）回想父亲曾经负责布置一家五金店的橱窗，他认为一个滑稽的男人必定可以吸引路人的目光，所以用店里的商品拼凑成一个有烟囱手臂、漏斗帽之类的人体。这个工作经验或许真的引出锡人这个角色，不过鲍姆自己的说法却有些出入。他说他只是认为创造一个砍柴的锡人，他虽奇怪，但应该会很有趣。

胆小的狮子是少数几个不是由鲍姆脑袋里跑出来的角色。绘制《绿野仙踪》的插画家 W. W. 丹斯洛（W. W. Denslow）曾说，他当初建议加入这个角色是为了让故事"更有趣"。

无论这些说法是真是假，它们都呼应了《绿野仙踪》奇妙且迷人的氛围。不过接下来的这点虽然和创作过程无关，却有个真材实料的证据。鲍姆最后在一八九九年完成这个地道的美国童话故事时，拿起了因为写稿而变短的铅笔，挂在书桌前的墙上，并且题字："我用这支铅笔写了《翡翠城》那一章。"

一九〇二年

《彼得兔》

毕翠克丝·波特

毕翠克丝·波特在苏格兰邓肯郡度假时，提笔写了一封信给五岁的诺埃尔·穆尔（Noel Moore）："亲爱的诺埃尔，我不知道该写什么，所以就说个故事给你听，是关于四只小兔子的故事，它们是啪嗒（Flopsy）、蓬蓬（Mopsy）、棉尾巴（Cottontail）和彼得（Peter）。"

波特以孩子能理解的笔法写作，并且搭配了插画。诺埃尔应该可以和这只顽皮的彼得兔做好朋友，这只兔子不听妈妈的话，溜到危险的菜园去玩。波特以拟人法描写兔子，不过它们的世界和人类的天差地别，更加宽阔、宏大，充满了各种可能。

波特求学时期的家庭教师安妮·穆尔有六个孩子，而波特经常写信给他们。孩子们都非常喜欢她的图画信，其中一位叫玛乔丽·穆尔的女孩总细心地用黄丝带将波特的信件绑成一捆。波特去拜访安妮时，安妮建议她根据信里的故事写本童书，或许其他读者会和这些小笔友一样着迷。波特觉得可以试试看。她跟孩子借回那捆信件，一一挑选，最后终于找出她最满意的一封。那是一八九三年九月她在苏格兰写给诺埃尔的故事。

波特曾经写下这样的话："我的脑袋随时随地都试着将大自然的多彩多姿当成作画元素，在野草、动物、蘑菇、苔藓、森林和小溪之间幻想专属于我的仙境。"波特从小就喜欢山林原野，总想住在大自然里，所以常常把兔子、老鼠、刺猬、蛇和蜥蜴带回家。她的弟弟伯伦特（Bertram）也是一样，只是他比较喜欢抓蝙蝠和小鸟。可能就在小波特捕捉各式各样的生物，并且研究它们如何看待世界时，故事已经在小女孩的脑海里成形。

波特最爱的宠物是一对比利时野兔，一只叫彼得，另一只是本杰明。她曾在一封信里提到："彼得活到八岁，它以前总喜欢像猫一样慵懒地躺在炉火前的毯子上。它很聪明，会跳铁圈、拉铃、敲铃鼓。有一次，我看到它把草帽当作铃鼓敲！"所以波特用这只聪明的宠物来命名故事里的主角也相当合理。

她将信里的故事扩大延展，并且加上一系列的黑白图画和几张彩色图，然后将手稿寄给六家出版社。结果，六家出版社全都退稿，有的认为故事太长，有的则觉得太短，还有人批评彩色图画不够多。有一位出版商甚至建议她把散文体改成诗歌的形式。波特被激怒了，她希望她的童书是原本的样貌，于是她决定自己发行出版。

就在她忙碌于印刷工作的同时，她的朋友卡农·罗恩斯利（Canon Rawnsley）拿着《彼得兔》向弗雷德里克·沃恩（Frederick Warne）先生极力推荐。沃恩是出版社的老板，而他的公司就是拒绝波特的六家之一。罗恩斯利信心满满地说服沃恩重新考虑这个故事。但沃恩还是有些担心书里的插画，他很纳闷波特为什么不整本书都用彩色插画。波特知道后回应："我没有全部都用彩色图，有两个原因：一是精致的彩色印刷成本太过昂贵，再来就是图画里大部分物体的颜色不是兔子的棕色就是绿色，看多了其实还蛮无聊的。"波特后来和沃恩达成协议，她愿意稍作妥协，加入其他色彩，并在其中以棕色和绿色描绘那些讨喜的角色。

一九〇八年

《柳林风声》

肯尼思·格雷厄姆

肯尼思·格雷厄姆的儿子阿拉斯泰尔在四岁生日这天大闹别扭。这位乳名"老鼠"的小男孩到了上床睡觉的时间仍在哭泣，格雷厄姆坐在床边要说故事给儿子听，最后他们决定将这个午夜故事的场景设定在河畔。阿拉斯泰尔一面啜泣，一面指定故事的主角。这次他要听的是鼹鼠和河鼠。几天后，格雷厄姆的妻子埃尔思佩斯正等着丈夫准备妥当，一起去赴晚餐约会，最后她却不得不问女仆她的先生到底在哪里，他们快要来不及了，但格雷厄姆还在忙别的事。女仆回答："他和老鼠少爷在一起，夫人。他在跟小少爷说一只癞蛤蟆的歌谣之类的事。"

格雷厄姆的河流故事不断地发展，他经常觉得那个充满了群居动物的世界比现实生活的环境更引人入胜。这是他和儿子阿拉斯泰尔之间的秘密，但其他人偶尔会听到片段，也多少知道故事的内容，但都没有明说。

无论在家或是到国外旅行，格雷厄姆从不间断地讲着故事。一九〇五年八月，他们全家人到苏格兰旅游。那段期间，有个访客走到幼儿房外，听着格雷厄姆讲述一群水生动物的故事。

父子俩都未发现房外的不速之客，当时小男孩可能正忙着大笑，或插话为故事增添一些新主意。每一次讲故事都会有新的发挥，让故事更加精彩，不过这时他们的伟大冒险都还只是口述，未被文字记录下来。

一九〇七年夏天，格雷厄姆客居伦敦，同时，他的妻儿则住在南部的库克姆（Cookham Dene），格雷厄姆只在周末去探访他们，所以这段时间他写了好几封信给儿子，信里都有一段述说癞蛤蟆恶作剧的床边故事。同年，康斯坦丝·斯梅德利趁作者在库克姆时前来拜访。斯梅德利是美国《人人杂志》（*Everybody's*）的职员，公司派她来说服格雷厄姆写些新颖的题材。

格雷厄姆当时是英伦银行的秘书，只利用空闲时间写作。他写了《黄金时代》（*The Golden Age*）和《做梦的日子》（*Dream Days*）两本短篇小说选集，还有一本关于人生的哲学散文集《异教文集》（*Pagan Papers*）。格雷厄姆回绝了斯梅德利的邀稿，他的理由是“写作的过程实在很痛苦”。但机灵的斯梅德利注意到格雷厄姆谈到每晚讲给儿子听的故事时简直眉飞色舞。她回忆道：“这个故事只有格雷厄姆和他的儿子老鼠知道，他们只在晚上入睡前讲故事，属于最高机密……编故事时，老鼠喜欢故意作弄癞蛤蟆先生，他对自己的这项贡献相当自豪。癞蛤蟆先生是老鼠最爱的角色，它总是能让他不自觉地傻笑。”斯梅德利坚持要格雷厄姆将这些迷人的动物写下来，因此格雷厄姆创作了《柳林风声》。

《柳林风声》的场景是从作者小时候住在库克姆的记忆中提取出来的。格雷厄姆出生于苏格兰，在母亲因猩红热过世后，搬到英国。他父亲承受不了丧妻之痛，整天借酒浇愁，无法照顾孩子。所以格雷厄姆和三个兄弟妹搬去住在叔叔和祖母的小木屋。那附近有蜿蜒流淌的泰晤士河，岸上有高高的青草，还有柳枝轻轻地摆荡。他住在库克姆的那段时间，看过水獭、癞蛤蟆、鼹鼠等扑通扑通地在河里钻进钻出。几年后，他带着妻儿来到库克姆度假，而小时候的回忆历历在目。他说："很奇怪的是，我还记得以前的所有感觉。我脑袋里储藏的四到七岁的回忆永远完好如初。再回到这里，以前的记忆都被唤醒了。"也大约是在这个时候，格雷厄姆开始坐在儿子床边讲述这个令人难忘的故事，像变魔术一样变出小时候抓住他想象力的大自然和动物。

但《柳林风声》并没有立刻引起出版商的兴趣。这本童书和格雷厄姆之前的作品截然不同，以前都是专为成人而写，主要描写人而非水生动物。但斯梅德利继续鼓励格雷厄姆将睡前故事写下来，结果《人人杂志》拒绝出版，接着又被出版过该作者作品的英国出版商约翰·莱恩退稿。大家似乎都认为没有人会花钱买描写动物的童书。

最后，英国梅休因出版社（Methuen Publishing）终于同意出版《柳林风声》，不过他们开出严格的条件。他们决议逐步提高版税，而且不预先支付，这样一来，如果书卖得不好，出版社的损失也有限。格雷厄姆想把书交给美国的查尔斯·斯克里布纳父子出版公司（Charles Scribner's Sons），但对方认为这本童书“没有人会有兴趣翻开阅读”。幸好，格雷厄姆有个书迷，而这个书迷是斯克里布纳出版公司不敢等闲视之的人物：罗斯福总统。总统非常欣赏格雷厄姆之前的作品，所以，作者灵机一动，将手稿的复印件寄给了总统。根据作者的经纪人柯蒂斯·布朗（Curtis Brown）的说法，罗斯福总统声称“这么美丽的童书，斯克里布纳一定要出版”。斯克里布纳出版公司当然改变初衷，接受了《柳林风声》，结果这本童书在大西洋两岸皆登上畅销书榜，并且成为儿童文学经典之作。

一九二六年

《小熊维尼》

A. A. 米尔恩

一名喜欢人家用他的小名比利·穆恩（Billy Moon）称呼他的小男孩正聚精会神躺在床上，而他的父亲 A. A. 米尔恩（A. A. Milne）正在讲故事，今晚讲的是一只喜欢吃蜂蜜的熊，这是全新的床边故事。米尔恩的故事向来特别具有催眠的功效，不过，今晚小男孩的眼皮并没有在故事一开始时沉重地张不开。这只个性温和、名叫维尼的小熊，真的是与众不同。

米尔恩最近刚完成一本大受欢迎的童诗选集《当我们还很小的时候》(*When We Were Very Young*)。这本书成功地将米尔恩带进儿童文学领域，成为新兴的童书作家，于是出版社希望他多写些和家庭生活相关的文章，以及一些小故事。他现在手边的工作，是为《晚间新闻》(*Evening News*) 写一篇圣诞节相关轶事。眼看交稿期一天天地逼近，米尔恩奋力地想挤出一个灵感。他的妻子达夫妮建议他从那些床边故事里找找看，或许有帮助。米尔恩思索一番后，都不太满意，最后才想到这只小熊。《晚间新闻》在一九二五年十二月二十四日刊登的篇章，后来成为《小熊维尼》的第一章，这本书中全是矮胖的小熊和朋友的冒险故事。

米尔恩是从比利的幼儿房拉出小熊维尼的。那个房间里有一只原名为爱德华的绒毛熊，总和小男孩形影不离。他们经常交谈，而克里斯托弗·罗宾（比利的本名）会代替绒毛熊发出一串低沉有力的叫声，当成回话。某天，他们认为爱德华需要一个新名字。因为米尔恩的儿子一直都是用小名，所以改名字似乎是再自然不过的事。小男孩毫不迟疑地选了“小熊维尼”。

这个特殊的名字是小男孩结合两个他最熟悉的词语而来。他曾帮湖里的一只天鹅取名为噗噗（Pooh），从此，这个词就盘旋在他的脑海。米尔恩回想当天他们跟那只优雅天鹅道别的情形：“我们就带走了这个名字，反正天鹅已经不再需要它。”至于维尼（Winnie）则是伦敦动物园里一只黑熊的名字。海军上校哈利·科尔伯恩在第一次世界大战期间将那只黑熊从加拿大带回英国。它叫维尼，也叫维尼伯（Winnipeg），因为它就是从维尼伯这个地方来的。上校后来前往法国参战，于是将这珍奇的宠物送给动物园。维尼和其他大熊不一样，它相当亲切友善，会直接吃游客手中的食物，还时常背游客一程。小男孩甚至抱过那只温和的大熊呢！因此他会给最亲爱的玩具取名维尼一点都不意外。

米尔恩在为维尼找朋友的时候并没有花太多的工夫。他的儿子打从一开始就是故事里的主角之一，他在书里扮演自己，也就是那位贴心且有礼的克里斯托弗·罗宾。而克里斯托弗幼儿房里的玩偶，都是小熊维尼的好朋友。屹耳有点忧郁地坐在那里，旁边有可爱的小猪和活泼的跳跳虎。每当米尔恩需要新的角色，他就和妻子去哈洛德百货公司浏览挑选，然后袋鼠妈妈和小豆就此出现。

小熊维尼的世界是米尔恩根据他最喜欢的地方创造出来的。米尔恩一家经常利用周末到阿什当森林散心，那片苍翠的山林就这样直接被写进书页里了。米尔恩甚至带了插画家谢泼德（Ernest H. Shepard）到那座森林里，以协助他精确地捕捉故事的背景。尽管阿什当森林有些区域的名称在书里被更动过［五百亩树林变成了百亩树林，而吉尔山坳（Gills Lap）则变成加列翁山坳（Galleons Lap）］，但小男孩说，故事里的每个地方都和我们看到的那座森林“一、模、一、样”。

小熊维尼住在树干里，这是以一颗老胡桃树为蓝本而创造出来的家。老胡桃树耸立于阿什当森林北方的卡切塞农场（Cotchford Farm），而米尔恩在一九二四年夏天买下这座农场。小男孩喜欢在空心树侧边的树洞里钻来钻去，通常都会带着玩偶熊做伴。他后来说：“如果有人疑惑为什么书里的故事不是在树里就是在树上发生，那是因为在真实生活就是这样啊！”如此看来，《小熊维尼》里的故事似乎真的是原汁原味重现。米尔恩一五一十地描写了儿子从幼儿房、花园到森林里的世界。

一九五四年

《蝇王》

威廉·戈尔丁

威廉·戈尔丁停下来翻页，孩子急切地等待着接下来的故事发展，他只好和浓浓的睡意奋战到底。讲故事是他们家睡前的必要仪式，而他那天晚上讲的可能是《珊瑚岛》（*The Coral Island*）或《金银岛》两者之一，因为时间太久，他不记得到底是哪一本，只记得跟小岛冒险有关，但重要的不是故事本身，真正令戈尔丁魂牵梦萦的是那些充满异国情调的风土人情。明亮的礁岩、长长的沙滩，和远在英国索尔兹伯里的小公寓实在是天差地别，他大声地念着故事，一字一句，他的心思逐渐飘离，暂时忘记了教师生涯的空虚和不满足。

他合上故事书，为孩子盖好棉被后，走去和妻子安坐在炉火前。他凝视着噼啪作响的火焰，心里强烈的写作欲望又将他带回到遥远的海岛，那里可能也有一团熊熊烈火正在翻腾舞动。突然间，一个想法闪过，他迫不及待地转过去问妻子："我想写本小说，是关于一群孩子在一座小岛上，这些孩子的一举一动都是孩子该有的模样，你觉得这个想法好不好？"安看着满脸络腮胡的古怪丈夫（当时的男人早就不流行留胡子了），极力鼓励他立刻着手创作。

戈尔丁动手下笔，心里很清楚这将是第一个完全属于他的故事。他回想当时，自己看着刚完成的手稿，总觉得那是“别人写的”，但这本书绝对是来自于他的产物。他后来提到，有三段重要的人生经历共同谱出《蝇王》这个故事：

1. 五年的战场生涯。

2. 战后对于纳粹野心的深刻体会。

3. 十年来教导小男孩的经验。

这三件事在温暖的炉火前汇流成一个想法，不过，早在开始创作之前，这些经历已占据他的脑海好久好久。

一九四〇年十二月，正值第二次世界大战期间，戈尔丁加入英国皇家海军，当时他只有二十九岁，家里还有个妻子和刚出生的儿子。一开始，他只是个普通的水兵，但战争结束时，他已是战舰的舰长。这段军旅生涯让他亲眼见识了战争的壮阔和残忍，并让他发展出一套全新的道德观。但他也明白，他可能甚至根本没有能力达成如此崇高的标准，也因为这个体会，戈尔丁在一定程度上理解了纳粹及其弱点。戈尔丁创作的《蝇王》有部分“源自悲哀的自知之明”，是对自己的黑暗面的充分认知。小说中，的确有几个角色被困在无人小岛后变得相当残暴凶狠。

他也知道这些人性的软弱不只会出现在战场上。他在维斯华斯主教学校教书，并在这所专收男孩的学校中，以科学家的眼光认真地研究学生的行为举止。他特别好奇的是，在道德规则被弃置不用的情况下，男孩们会作何反应。他刻意放松管教，想看看孩子到底会变成什么模样。他回想道：“我给他们自由——很多的自由，很多、很多、很多——我一步步地放松管教，看着他们的转变，看到眼花缭乱。”他经常将小朋友分成两队彼此竞争，以观察他们的行为。在一次校外教学中，他们去了菲格斯伯里环古堡，戈尔丁甚至精心策划了一场战争游戏。这些人际间互动的实验，让他得以一瞥男孩们在特殊情境下展现出的邪恶面，并塑造出《蝇王》中孩子被困在荒岛上的各个面向。

他后来发现自己很难专心教书，成为作家的梦想总是萦绕不去。他的同事奚落他不切实际，但他依然顽强地紧抓住梦想。我想，在《蝇王》完成后作者或许曾仰天大笑，因为他大多是利用教书的空当写作。只要灵感一来，想动笔写书，他就会安排学生从事静态活动，趁孩子埋头苦干时去处理纸页上另一群难搞的男孩。有些学生忆起当时，老师曾经把《蝇王》的部分情节念给大家听。他大声朗读，将一群学生从枯燥乏味的教室带到虚构的荒岛，正呼应了当初戈尔丁在念床边故事时思绪被席卷而去、灵感翩然降临的经验。

在虚构与真实之间

一个小小的身影出现在我面前，那可以是个男人或女人，他/她对我说："我是布朗，有本事，就来捕捉我啊。"

——弗吉尼亚·伍尔芙的讲稿《小说中的角色》

想象力转啊转，或围绕着挺立在舞厅中英俊且穿着无懈可击的达西先生，或跟着福尔摩斯干练地办案。或许你较偏爱活跃的社会名流，如达洛维夫人的高级宴会；也可以半夜赶回家以便溜出去跟《汤姆·索亚历险记》的哈克贝利去闯祸。我们都只能在幻想中逃到另一个世界，但对少数作家来说，这些虚构的人物就和启发他们的人物一样真实。

小说中的角色通常是好几个现实人物的综合体，是作家以各式各样的人格特质和外貌特征当作材料，于想象的火焰中锻炼、融合出来。有时角色的塑造太过出色、迷人，几乎跃然纸上，并像伍尔芙笔下的布朗那般呼喊“有本事，就来捕捉我啊！”接下来的几位知名作家都在无意间呼应了这句呐喊。他们拿着纸和笔启程去寻找真实人物，然后一路研究、追捕，将角色赶入了字里行间。

一八一三年

《傲慢与偏见》

简·奥斯丁

简·奥斯丁从马车上下来，驻足欣赏着曼尼康庄园(Manydown Park)。那栋豪宅在夕阳的衬托下更加迷人。天快黑了，爬满绿藤的大房子在窗户里一排排蜡烛的照耀下闪闪发光，迎接着即将到来的晚宴。奥斯丁总是盼望参加舞会。她喜欢跳舞，喜欢听其他客人谈论新近的八卦。但是，今晚不再一样。房子里面有位魅力十足的爱尔兰人正等着带她翩翩起舞，而男人也随着每次的旋转，一步步偷取她的心。

她的舞伴是托马斯·朗格洛斯·勒弗罗伊。他在圣诞假期和家人造访汉普夏郡，之后要返回伦敦准备律师执照考试。奥斯丁和勒弗罗伊的相遇立刻迸发出火花，他们在三场舞会后坠入爱河。这两个二十岁的年轻人爱苗初绽、心花怒放。奥斯丁在一封给姐姐的信里提到她和勒弗罗伊之间的打情骂俏，她如此写道："我们纵情恣意地跳舞，甚至坐在一起谈心，大胆的程度可能超出你的想象。"这对小情侣很快就成为小镇的八卦焦点，许多居民甚至预测勒弗罗伊可能就要求婚了。他们的爱情故事活脱脱地就是奥斯丁自己小说的翻版。

但这对情侣注定有缘无分，勒弗罗伊出身平常人家，又是长子，家人急切期盼他娶个富家女，成为出人头地的律师。反观奥斯丁，她虽有机智、幽默和热情，但就是没有大笔的嫁妆。就在他们打得火热时，勒弗罗伊突然回伦敦去了。他的堂兄说勒弗罗伊是被姑姑送走的，以免“节外生枝”。可怜的奥斯丁从此再没见过他，也再没听到过他的消息。三年后，她才知道勒弗罗伊已启程回爱尔兰当律师。此时他们昙花一现的爱情已成过眼云烟，却对她的小说创作留下了不可抹灭的影响力。

很多小说迷认为勒弗罗伊是《傲慢与偏见》达西先生的原型。奥斯丁于一七九六年十月开始写小说，那时，她的短命恋情才结束不到一年。小说的女主角伊丽莎白也是在舞会上遇到达西先生，和奥斯丁与勒弗罗伊如出一辙。男女主角也同样对彼此产生强烈的情愫。不过有些学者认为小说和作者本人的爱情还是有几处不同。勒弗罗伊刚认识奥斯丁时，并不介意她家窘困的经济状况，但最后仍然被迫放弃她。而达西初识伊丽莎白时很傲慢，又难相处，后来才改掉高高在上的自负心态，爱上女主角。作者可能是因为自己的恋情无疾而终，想改写不幸的命运，才让达西和伊丽莎白有个圆满的结局。然而在真实世界中，恋人很难打破门第之见，在小说中，什么事都可能发生。

和爱情一样，奥斯丁的写作工作也不太顺利。她没有属于自己的空间，于是想尽办法躲起来秘密写作。她的家人都知道她在写作，但她仍谨慎地避开其他人，其中包括仆人和朋友。她不得已选择在客厅创作，而访客常常毫无预警地闯进来，幸好还有一扇吱吱叫的门可以警告，只要一有人推门，她立刻把创作中的一小沓纸张收起来。

平时，当家人聚在客厅又没有访客时，奥斯丁会朗读新出炉的故事。她父亲非常喜欢原名为《第一印象》(*First Impressions*）的《傲慢与偏见》，于是匿名把书稿寄给出版商托马斯·卡德尔（Thomas Cadell)，但没多久就收到退件和一封简短的退稿信，上面写着："由原收件者退回。"这位出版商和他的同事显然连看都懒得看上一眼。过了几年后，才由白厅街军方图书馆出版社的托马斯·艾格顿（Thomas Egerton of Whitehall）以《傲慢与偏见》为书名出版。

在曼尼康庄园和勒弗罗伊共舞的许多年后，奥斯丁在同一个屋檐下接受一位男士的公开求爱。庄园的继承人哈里斯·比格-威瑟向她求婚，而她也接受了。但这场婚约仅仅维系了一个晚上，隔天早上奥斯丁就反悔了。理论上，这是个不错的机会，奥斯丁可以借此进入上层社会。但她对爱情仍有憧憬，不愿意和只有朋友情谊的人共度余生。

勒弗罗伊死后，他的侄子透露"他曾尽全力形容对奥斯丁的爱，然而其后又将之称为'年轻人不成熟的爱情'"。奥斯丁或许确实曾紧抓住那次惊心动魄的火花，并将其寄托在了达西和伊丽莎白的永恒爱情之中。

一八四五年

《乌鸦》

埃德加·爱伦·坡

那只叫“钳子”(Grip)的乌鸦在马车房里摇摇摆摆地来回踱步。正午时分，报时的钟声响起，钳子吓了一跳，但随即又继续没完没了地走动，丝毫没有停下来的打算。它恢复镇定、泰然自若地走了几步后，停下来喊出一句它最爱反复念叨的“嗨！老小姐！”但这句令人熟悉的招呼语却成了诀别。钳子蹒跚几步，倒地不起，就此断气。英国文豪狄更斯在给朋友的信里是如此描述这段戏剧化的伤逝。

就在钳子去世前的一天，狄更斯的日记里记载，黑林先生过来帮生病的乌鸦看病，并且喂它吃了一剂蓖麻油。钳子恢复了精神，甚至有力气咬了车夫托彬一口，但那只是回光返照。这只会说话的乌鸦虽然喜欢啄孩子的脚踝，还经常嚷着：“我是魔鬼！”却是狄更斯全家的宝贝。

狄更斯很爱钳子，总是数算着它的逗趣滑稽，从不感厌烦。有一次，一位好朋友在舞会上开玩笑，说这位作家“疯狂地喜爱乌鸦”(raven mad)，结果一传十、十传百，竟传成了“作家发疯”(raving mad)。翌日，许多伦敦人都以为狄更斯被送进精神病院。幸好狄更斯只是因宠物之死而悲伤难过，不过他对钳子的钟爱的确有些过头。钳子死后，不只永远留在狄更斯的回忆里，还被狄更斯制成标本，将过去回忆以实体形式保存下来。

在钳子死前数月，狄更斯已经动笔将它化作文字，写入新小说《巴纳比·拉奇》(*Barnaby Rudge*)。此书讲述英国暴动期间发生的一桩谋杀案，而书中愚蠢的主角需要一名伙伴。狄更斯在日记里写道："巴纳比是个白痴，我打算给他一只聪明百倍的乌鸦当宠物，永远陪在他身旁。而我已经观察我的乌鸦多时，一定可以成功地赋予它特异独行的性格。"钳子于是顺理成章地成为《巴纳比·拉奇》里那只多话宠物的原型。而小说里的乌鸦也叫作钳子，狄更斯显然不打算掩饰两只乌鸦之间的关联。

狄更斯在写《巴纳比·拉奇》期间，妻子生了一个男孩，取名为埃德加，但受洗时，正式命名为沃尔特·兰多。狄更斯若是知道将来会有另一位埃德加使他那只会说话的乌鸦名留青史，或许会坚持不让儿子改名。

大西洋对岸的埃德加·爱伦·坡选了《巴纳比·拉奇》做书评，刊登在一八四一年五月的费城《星期六晚邮报》(*Saturday Evening Post*) 以及一八四二年二月的《格雷厄姆杂志》(*Graham's Magazine*)。他当时的名气不大，尚在努力建造文学事业的版图。他是《格雷厄姆杂志》的编辑，曾经卖出几本诗集给小型出版社，并且在全国性的刊物发表过短篇小说。爱伦·坡虽然认为《巴纳比·拉奇》的情节松散无力，却仍然给予极高的评价。他分批读完此书的连载小说，发现读者很容易就猜到故事结尾的重大转折，他也注意到钳子这个角色并未得到充分的发挥："读者可能不用等它开口，就已经听到它嘎嘎的叫声了。"爱伦·坡认为这只会说话的乌鸦具有相当大的潜力。

一八四四年，正在创作新诗的爱伦·坡需要一只"不会思考，但会说话的动物"，他立刻想到鹦鹉，但很快就发现色彩明亮缤纷的鸟类并不符合晦暗且不祥的氛围。他接下来必定想到了《巴纳比·拉奇》里那只叫作钳子的乌鸦。一只乌鸦的确比较适合搅扰诗中丧失亲人的男主角。不过爱伦·坡从未说过他的灵感和狄更斯的乌鸦有任何关联。可是这样的推测却广为流传，而且读者也不难发现两只乌鸦之间的共通点。

诗里的乌鸦每次轻啄房门时，仿佛在召唤钳子的灵魂。《巴纳比·拉奇》有一幕类似的情节，钳子轻啄着窗子，一个寡妇惊呼："有人在轻敲窗板。"我们无从知道这个巧合是不是故意安排的，却可以看到爱伦·坡选择乌鸦，很可能是受到《巴纳比·拉奇》的影响。

《乌鸦》发表后，许多爱伦·坡的书迷都相信钳子是这首诗的灵感起源。狄更斯过世后，他的乌鸦标本进了拍卖场，最后由爱伦·坡的书迷理查德·金贝尔上校得手，并将标本带到美国。因此，钳子现在正栖息于费城公园大道中央图书馆三楼的珍善本图书部。

一八七六年

《汤姆·索亚历险记》

马克·吐温

马克·吐温等待着信号声响起。深夜时分，四周一片黑，正适合男孩在小镇里四处乱窜。屋后传来哨声，他跳起来往窗户跑去，悄无声息地爬出窗户，爬过屋脊，一跃下地，迎面对上汤姆·布兰肯希普和一群男孩。大家都迫切渴望好好胡闹一场，他们要趁众人沉睡之际出发夜游去。

汤姆·布兰肯希普是个邋遢肮脏的男孩，住在密苏里州汉尼拔镇马克·吐温家附近一间破屋里。他有个酒鬼爸爸和八个兄弟姐妹，所以相当自由，根本没人在乎他半夜一个人溜出去玩。马克·吐温回忆道："整个小区——无论男孩或男人——他是唯一一位彻底独立自主的人，他享受着耳根清净、快乐无比的生活，我们所有人都羡慕死了。"他不用像吐温和其他大部分男孩那样被逼着背诵《圣经》经文，或做同样无聊透顶的苦差事。他随心所欲地享受生活，想钓鱼就钓鱼，想做日光浴就做日光浴。不过镇上的人都看不起他们一家人，大人也警告吐温要和汤姆保持距离，但他反而更常去找汤姆玩。

长大后，吐温回溯童年，汲取灵感，创作出《汤姆·索亚历险记》，而书中最令人难忘的角色——浪荡不羁的哈克贝利·芬恩（Huckleberry Finn），就是从他家乡尘土飞扬的街道上提取出来的，吐温的家人立刻就认出这名自由自在的人物是谁。他的姐姐帕梅拉·莫菲特曾在听完哈克的章节后惊呼出声：“哇，他就是汤姆·布兰肯希普嘛！”

写这本书的时候，吐温只需从记忆中挖宝。他四岁时，全家搬到密苏里州的汉尼拔镇，他立刻就发现熙熙攘攘的码头小镇充满了可能性。四面八方全是未知的领域，有悬崖、山洞、小岛、溪流、广阔的森林和原野。而广阔的密西西比河流经小镇，吐温曾有六次差点在大河里溺毙，幸好每次都和死神擦身而过，但这都吓不倒他。他并没有因此怕水，反倒促使他发现自己其实是个不屈不挠的人。他的童年就在探索大自然、寻找刺激和玩英雄游戏中度过。

吐温在小说的引言提到：“书里大部分的冒险都是真实发生的，其中一两件还是我的亲身经历，而其他男孩都是我的同学。”他将许多认识的人都写进小说里，最明显的就是以布兰肯希普做范本的哈克。至于主角汤姆·索亚则是三个男孩的综合，最可能的两个是吐温的朋友约翰·布里格斯和威尔·鲍恩，第三个就是作者本人了。

吐温小时候很调皮，他也把许多捣蛋事迹都写进小说里。他的女儿苏茜曾这么写着：“克拉拉和我都相信爸爸曾经对祖母要花样以逃过鞭打，和《汤姆·索亚历险记》写的完全吻合。”吐温承认他的确曾经略施小计、躲过大人的处罚。当时眼看着就要被打了，他居然声东击西地跟妈妈说她身后不太对劲，在妈妈转头去看时，他就溜掉了！但弟弟亨利的个性完全和他不一样。亨利循规蹈矩、从不说谎，在吐温调皮捣蛋时，他就去告状。因此吐温也把他写进小说里，变成西德这个角色，不过又特地注明说："亨利比西德更优秀、更好。"

吐温除了从真实生活中汲取灵感，同时还运用小时候的想象力，让书里那个年代的世界充满魔力。吐温年轻时，民间传说不仅仅是茶余饭后的话题，其中还包含了寻宝的秘密。根据汉尼拔镇的传说，曾经有两位设陷阱捕兽的法国人在镇北埋了一箱黄金，而且从此没再挖出来过。布兰肯希普找来吐温和布里格斯一起寻宝，他们拿着铲子出发，进入原野。他们尽了最大的努力，但仍未挖到宝藏——如果真有其事的话。而吐温后来在小说里让那箱传说中的黄金出土（不过也只是在小说里过过干瘾罢了）。

吐温于一八七二年，也就是他三十七岁那年动笔创作《汤姆·索亚历险记》。他当时已是个成功的作家，文章和短篇故事都登上全国性的刊物，至于第一本书《傻子出国记》（*The Innocents Abroad*）是本相当幽默的旅行见闻录，它在一八六九年上市后成为畅销书。吐温在一八七二年动笔写《汤姆·索亚历险记》后，来年就把手稿搁置一旁，直到一八七四年的夏天。他向来会在酷暑期间和家人到纽约埃尔迈拉的夸瑞农场（Quarry Farm）避暑。那座农场是吐温的小姨子苏珊·克兰所有，她甚至为吐温盖了一间工作室，专供他写作使用。那间八角形的房间侧边有道小型的烟囱。吐温的书桌几乎被一扇扇的大窗户包围着，所以他只要抬头就能看到山谷和丘陵。他每天从早写到傍晚，可以疾笔完成五十页的创作。他写作的时候大家都不会敲门打扰他。不过遇到紧急事件时就吹响号角，通知他回到主屋。

吐温经常写作写到一半，就停笔搁置一旁，直到灵感再度降临。而那个夏天虽然进度神速，但他后来又突然停住，并将所有心力都投注到编写剧本上，那是根据他当时唯一的一本小说——一八七三年出版的《镀金时代》(*The Gilded Age*)——改编的戏剧。他在来年夏天才又回来书写《汤姆历险记》，并且终于完成这本描写他童年调皮捣蛋功绩的小说，本书于一八七六年十二月付梓。

一八八七年——一九二七年

《福尔摩斯》

阿瑟·柯南·道尔

约瑟夫·贝尔博士站在坐满医学生的教室前方，高挺鼻梁上方的眼睛闪着淘气的光芒。他今天要测试学生运用感官的能力，他们必须品尝和嗅闻一个特别恶心的液体，以辨认出它是何物。所有人都要品尝这个污浊且难闻的混合物。贝尔相当爱开玩笑，他说："我不会要求学生做我自己都不想做的事，所以我会先尝尝，再传下去。"他用手指沾了烧杯里的液体，并用舌头舔了一口，以证明杯里琥珀色的液体虽然闻起来很刺鼻，却是安全的。接下来，学生一个个勉强照做，但没有人猜得出答案，贝尔最后宣布大家都失败。学生太专注于品尝和嗅闻，以至于忘了用眼睛看，没注意到其实贝尔舔的是干净的那根手指，而非沾了烧杯内液体的手指。所有人都忽略了这个微小却重要的细节，而这就是教授想要展示的重点。贝尔强调，身为医生不能放过任何一丁点看似不重要的细节，才有能力做出正确的诊断。

贝尔是爱丁堡大学的教授，同时也是爱丁堡皇家医院的医生，在医界享有盛名，素以破解怪病病因的神奇能力闻名。病人只要一走进诊疗间，他立刻能说出对方的一生，让人惊讶不已。

举例来说，他曾看了一位穿便服的病人一眼，就说他刚退伍，是苏格兰高地军团的军官，更厉害的是，贝尔还发现他曾在巴巴多斯服役过。若未细想，会认为贝尔只是幸运猜中，或是在玩把戏，但这些观察是全都有逻辑根据的。贝尔解释他的思考过程："他是一名受人尊敬的男人，进房时却没有脱帽。因为在军中大家都没有这个习惯，如果他退伍够久就会重新习惯这个礼仪。他有着军官的威严，而且很明显是苏格兰人。至于在巴巴多斯服役，是从他罹患象皮病看出的。这种病来自西印度群岛，英国本土没有象皮病，而苏格兰军团目前就驻扎在那个群岛上。"一个褪色的文身、不寻常的步态、磨损的裤脚……每一个奇特的细节和线索都带着贝尔进入某人的秘密之中。也就是这样侦探般的思路，让他可以解开难倒许多同事的医学难题。

如果你是在今日认识贝尔，必定会以为他很喜欢福尔摩斯。你也可能会说贝尔和那位杰出的侦探太像，同样都是轮廓分明、五官突出、身材瘦高。贝尔在思考解决方法时也会和福尔摩斯一样，交叉十指、往后躺靠在椅背上。不过，事实上贝尔才是那位侦探的灵感来源。作者阿瑟·柯南·道尔曾说："这么说吧，福尔摩斯是我记忆中一位教授的化身。他是爱丁堡大学医学院的教授，他可以坐在病人等候室……并在病人进房、还未开口说话前就诊断出病因。"

柯南·道尔一踏进贝尔的教室，立刻迷上了这位特立独行、四十出头的教授。所以，当他得知被选为教授的门诊职员时必定非常兴奋。这给了他机会在医院和教室里观察教授令人敬佩的才华，他可能比上课还认真地仔细观察了教授的一举一动。然而，尽管作者很欣赏贝尔，仍是在认识教授十年后才动笔描写关于他的故事。

柯南·道尔毕业后随即在英国朴次茅斯开业。从文学的角度来看，幸好诊所刚开始的生意不好、病人很少，让他可以在白天写小说。在写了几年的短篇小说后，作者终于在一八八六年将他的老教授写进纸页之中。他决定写本推理小说，贝尔具有迷人侦探的一切特质，他优秀卓越、收集线索的能力近乎超人，个性和习惯也都很古怪。

从三月初到四月，这位年轻的医生埋头苦干撰写第一本关于福尔摩斯的小说，书名为《血字的研究》(*A Study in Scarlet*)。《比顿圣诞年刊》(*Beeton's Christmas Annual*) 于一八八七年刊登了《血字的研究》，这是福尔摩斯第一次公开亮相。作者继续写了许多福尔摩斯和朋友华生医生的故事，并从一八九一年开始定期在《海滨杂志》(*Strand Magazine*) 上刊登。随着读者群的增加，作者却越写越觉得无趣，并且觉得这个大受欢迎的连载小说让他无法去做“更好的事”，因此决定摆脱福尔摩斯，让他在《最后一案》(*The Final Problem*) 中戏剧化地死亡。这篇故事在一八九三年刊登后，读者一片哗然。福尔摩斯迷伤心欲绝，甚至有人为他戴孝，以纪念这位小说侦探。但作者并未像读者那般伤心，他在写完这篇故事后，只在日记上写了“成功除掉福尔摩斯”几个字。

作者现在终于可以写他认为较受人尊敬的作品了，这包括严肃的非小说类书籍及历史小说和冒险小说。然而，一如往常，福尔摩斯最后还是击败了他最顽强的敌人：他的创造者。一九〇一年，应大量读者的要求，作者再次提笔书写福尔摩斯的故事，直到一九二七年才不再提笔写新的侦探故事。这位聪明绝顶的侦探的确战胜了死神、再度复活，抽着他的“标志性”烟斗继续查办另一串复杂难解的案子。

一九一一年

《彼得·潘》

J. M. 巴利

五岁的乔治·卢埃林·戴维斯和弟弟杰克冲进肯辛顿公园，看到小径前方有位怪人。他非常矮，大约只有五英尺高，头发梳得整齐，还有一撮小胡子，身旁站着一只硕大的圣伯纳犬。这对组合相当滑稽，狗儿肌肉发达，而主人却个头很小。两名男孩在上前打招呼前，回头看了看推着弟弟彼得坐的婴儿车的保姆玛丽·霍奇森。J.M. 巴利随即走过去向小男孩介绍自己和他的狗，波多斯。我们并没有第一手资料可证明这场命中注定的邂逅是如何展开，只能猜测那天男孩是用跑的或走上前，不过可以确定的是，乔治和杰克很快就发现巴利会扭动耳朵！他还带着他们玩了极有趣的扮演游戏。从此，男孩和一个与他们身高差不多的男人成了朋友，而这段友谊也持续了一辈子。

第一次在公园相识后，巴利调整了散步的时间，以便遇上戴维斯家的男孩。他很喜欢小孩，但膝下无子，所以与小男孩的友谊填补了这个缺憾，而且乔治和杰克也迷上了这位新朋友。他们经常跟妈妈提起公园里的有趣男人。后来，在一次除夕夜的派对上，巴利看见一位美丽的妇人往手提包里塞了许多糖果。

他友善地提点妇人，这么做似乎不甚妥当，妇人告诉他糖果是要给儿子彼得的。巴利立刻觉察到这位客人就是西尔维娅·卢埃林·戴维斯，他终于认识男孩的母亲了，于是他开始到他们家拜访男孩们。

巴利是位成功的剧作家和小说作家，自然喜欢讲故事给孩子听，他甚至把最喜欢的故事写进《小白鸟》(*The Little White Bird*)。这本小说是根据他与乔治的友谊而创作的（乔治在小说里更名为大卫）。故事中，所有的小孩都会飞，不过随着年龄越来越大，就失去了飞翔的能力。其中有个叫作彼得·潘的男孩，在很小的时候设法飞离家园，后来飞到肯辛顿公园，并且逐渐长大、无法飞翔，最后住在附近一座岛屿上，再也回不了家。

巴利从小就被死亡纠缠。他六岁时，哥哥大卫因为滑冰意外过世。巴利的母亲从此活在失去儿子的阴影下。他的哥哥以某种形式永恒地住在家里，并且永远都是那个完美无缺的小孩。有时巴利会穿上他的衣服，但即使是这样也无法填补他的空缺。不过，他发现一个方法，就是在纸上表现他的遗憾，而彼得·潘就像他的哥哥，永远长不大。《小白鸟》只是彼得·潘冒险故事的开端。在这本书里，还没出现海盗和失踪的小男孩。但后来在某个夏天，海盗和失踪的小男孩粉墨登场。

一九〇一年，巴利一家人在乡下布莱克湖畔的家园待了一整个夏天。而戴维斯一家就住在只有五分钟路程的蒂尔福德。巴利向来最爱《珊瑚岛》(*The Coral Island*）这本书，它活灵活现地描写了船难、海盗和凶狠的打斗。他灵机一动，将湖边转换成那座荒岛，而男孩们都高兴地演起戏来（除了刚出生的迈克尔太小不能参加演出）。乔治、杰克、彼得以假武器赶走敌人，还赶走一只可怕的海盗狗（由波多斯扮演）和斯沃提船长（由巴利扮演）。有时候，男孩的母亲和父亲阿瑟必须喊停，教训一下快把人打伤的孩子（其实他们还满常喊停的）。巴利并不像男孩的父母那般担心安全，他比较在意游戏好不好玩，而且实在不愿意想象他们的游戏会有结束的一天。为了使这些事迹永远地保留下来，他汇编了一本叫《漂流的男孩》（*The Boy Castaways*）的书，书里充满了男孩打击坏人和游湖的照片。

巴利后来把他们的冒险搬上舞台，演了一出戏叫作《彼得·潘》（*Peter Pan*），又名《长不大的男孩》（*The Boy Who Wouldn't Grow Up*）。他们的夏日冒险融合成肯辛顿公园的童话故事。虽然主角叫作彼得，但他其实是戴维斯家男孩的综合体。他在剧本的题词这样描述男孩："我在写剧本的过程中很清楚，我是将你们五个糅合成剧里的彼得，这就像两根互击的棍子撞出火花一样。"（第五个男孩尼古拉斯在那个美丽的夏天后两年出生）巴利将这出受欢迎的戏剧写成《彼得与温迪》（*Peter and Wendy*），并于一九一一年出版。他因为担心男孩一个个长大、不再相信故事，于是迫切想将剧本写成书。悲伤的是，彼得·潘的故事和布莱克湖上的海盗对男孩已逐渐失去了魔力。幸好戏剧永远可以重演，它就像彼得·潘那般永远长不大，也不会死亡。

一九二五年

《了不起的盖茨比》

F. 司各特 · 菲茨杰拉德

在一九二〇年一个永难忘怀的夏夜中，F. 司各特 · 菲茨杰拉德聆听高尔夫俱乐部的会员罗伯特 · 克罗泽 · 克尔二世讲故事。克尔十四岁时看到一艘游艇准备停泊在布鲁克林希普斯黑德贝湾，他很想仔细看看那艘新船，于是将船划了过去。他接近那艘豪华大船时发现，它所处的位置相当危险，如果不在大浪退潮前移动，将被浪打成碎片。当时光着脚、衣衫褴褛的克尔试着警告船长却被赶走。不过船的主人爱德华 · 鲁滨逊 · 吉尔曼注意到克尔的警告，并且相当诧异于这位青少年的大胆，于是当场给了他一份工作，然后带他去买工作所需的时髦衣服。吉尔曼是个富有且性情古怪的商人，他和内利 · 布莱有段婚外情（内利 · 布莱是名记者，曾用不到八十天的时间环游世界，并因而扬名于世[①]）。克尔住在游艇上担任私人助理，直到三年半后老板去世为止。而这段独特的工作经验在未来更促使克尔功成名就，他最后在繁荣的大颈镇（位于长岛）定居下来。也就是在这个地方，他和一位大有可为的年轻作家聊起天来。

---

① 参见前面《八十天环游地球》。

菲茨杰拉德后来写信给这位朋友，谈论到他正在写的小说："我让主角以同样的方法得到和你一样的工作。我给他起名为罗伯特·B.克尔，而非罗伯特·C.克尔，好隐藏他的身份——好啦，我在开玩笑啦，只是想吓吓你。其实他的名字是盖茨比。"杰伊·盖茨比追随着克尔的脚步：他因为在海上救了一位叫作丹·科迪的游艇主人而得到一份工作。作者甚至提到科迪和一位报社记者埃拉·凯有一腿，就如同真实世界中的吉尔曼和布莱。

作者让盖茨比复制克尔梦幻般的事业开端，不过对主角离开游艇后的生活未有着墨，而这便于小说中显露出来。编辑麦克斯威尔·珀金斯读完《了不起的盖茨比》的草稿后提出意见，他认为盖茨比太神秘，"读者的焦点很难集中在他身上"。因此，他必须为主角加添更多的背景资料，于是他便加入了当时一件恶名昭彰的丑闻。

当他把修改过的书稿交给珀金斯后，说："在仔细地研究过'富勒-麦吉'丑闻档案以及他们的思考模式，同时经历赛尔妲画图画到手指抽痛的事件之后，我终于了解盖茨比，熟悉程度更甚自己的孩子。"当时，爱德华·M.富勒的丑闻轰动一时，他也是作者的邻居。富勒开创经纪公司后就在大颈镇和曼哈顿的名流圈出入，但好景不长，他拿客户的钱赌博，使得公司资金不足，宣告破产。富勒的案子在当时是全纽约的头条新闻。而在四次审讯期间，此贪污案牵扯出他的副总裁威廉·F.

麦吉、政客、知名的商人和一位声名狼藉的赌客阿诺德·罗思坦。罗思坦在《了不起的盖茨比》里成为第二主角迈耶·沃尔夫山姆。正如真实世界的原型，沃尔夫山姆在小说中亦被举发在一九一九年的世界比赛中行贿。

作者将富勒的黑心事业和年轻的克尔那童话般的际遇融合成盖茨比成为富翁的路径。除了这两项明显的灵感来源，我们很难找出盖茨比的真正原型。作者曾经承认："我本人也从未把盖茨比看清。一开始，他是我认识的某个人，可是后来又变成了我自己。"

尽管盖茨比这个角色令人难以理解，但在作者的想象中，西蛋村的阳光总是明亮清透。这个富裕的小镇是根据大颈而来，作者于一九二二年十月搬到大颈。他的妻子泽尔达认为新家和纽约市差别不大，她形容大颈"和在播放电影中的时代广场差不多"。大颈的上流人士和纽约市一样多，只不过背景从高楼大厦、车水马龙换到了海岸边华丽的豪宅。作者的房子和邻居的豪宅比起来简直是小巫见大巫，不过这并不妨碍他们融入周遭的环境，他们加入高尔夫俱乐部，参加派对，并在派对上留到很晚和百万富翁聊天。作者身旁众多名流的生活令他十分着迷，对于一本叙述人从贫到富、再回到贫穷的小说而言，大内克也是最佳场景。

作者虽然一开始就把小说命名为《了不起的盖茨比》，但他一直都认为这个书名不太适合——或许他根本就不喜欢这个书名，因为作者虽然创造了盖茨比，但这个主角对他来说也是个谜。然而，西蛋村一直活生生地住在他脑海里，这个地名也在他寄给编辑的几个书名之列。小说还在草稿阶段的时候，作者寄了一串书名给编辑，包括《灰烬和百万富翁之间》、《西蛋的特里马尔乔》、《前往西蛋村》、《戴着金帽子的盖茨比》和《腾空而起的爱人》。不过编辑总是说服他《了不起的盖茨比》最适合。而在小说上市前不久，作者发了一封很疯狂的电报给编辑："《在红、白和蓝之下》这个书名太棒了，立刻改名，延迟无妨。"但小说出版后，作者悲痛地说不会有人买书的，因为"书名只是一般，不好不坏"。

《了不起的盖茨比》是作者的第三本小说，书的销量正如作者所担心那样惨淡。尽管大作家 T. S. 艾略特和伊迪丝·华顿（Edith Wharton）都给予很高的评价，但该小说并未让书评家惊艳。作者仍然相信这样的结果完全是书名的关系。他也认为这本小说里"没有重要的女性"，因此吸引不了女性读者（这是书市的极大族群）。作者死于一九四〇年，而《了不起的盖茨比》在他死后终于荣登经典小说之列。

一九二五年

《达洛维夫人》

弗吉尼亚·伍尔芙

蓝眼金发、端庄自信的凯瑟琳·麦克斯（昵称凯蒂）是天生完美无缺的社会名流。她遵从上流精英推崇备至的一切社交礼仪，在派对上熟练且热情地与一个个宾客交谈。凯蒂的母亲有个至交好友朱丽叶·史蒂芬，她是位美丽且多愁善感的中产阶级妇女。朱丽叶和凯蒂一样，都情愿服从社会对她们的期望，也是她介绍凯蒂认识了伦纳德·麦克斯，他在凯蒂的生命中扮演了举足轻重的角色。凯蒂也把岁月献给了较年长的朱丽叶，朱丽叶后来因风湿而发高烧死亡，留下两个十几岁的女儿：弗吉尼亚和瓦妮莎，凯蒂觉得有义务帮助朱丽叶的遗孤，于是竭尽所能地训练两个女孩，协助她们成为上流社会所认同的成员。

凯蒂比较喜欢和外向且合群的瓦妮莎在一起，不喜欢她内向且孤僻的姐姐。凯蒂的忽视很可能令弗吉尼亚感到失落，不过弗吉尼亚也从未喜欢过这位社交顾问。凯蒂太过时髦，与她的个性不合。很多年后，五十五岁的凯蒂从家里的栏杆上摔下来，受了重伤。凯蒂在弥留之际难过地说："我怎么这么不小心，我永远不会原谅自己。"不过当时四十岁的弗吉尼亚不相信她的话，甚至怀疑凯蒂是蓄意自杀。或许真实的凯蒂并非她所呈现出来的那么完美。这位如谜一般的名流早已舞进弗吉尼亚的第一本小说《远航》(*The Voyage Out*)，变成克拉丽莎·达洛维（Clarissa Dalloway)。达洛维夫人是个圆滑且优雅的女人，一生都为了满足社会期望而活，而凯蒂根本就是她的完美化身。后来，弗吉尼亚又在另一本小说中继续深入探索这个角色。

弗吉尼亚在短篇小说《邦德街上的达洛维夫人》(*Mrs. Dalloway on Bond Street*）中，用笔唤回了达洛维夫人。她打算把这篇小说加入一本每篇故事都有所关联的小说选集，并将书名暂定为《在家中》(*At Home*）或《派对》(*The Party*)。不过她在听到凯蒂的自杀企图后，立刻决定把这个故事发展成一本小说。也因此，凯蒂离奇的死亡拯救了达洛维夫人的生命。弗吉尼亚如是说："原本是设定达洛维夫人要自杀，但也可能单纯让她在派对结束后死亡。"但在听到凯蒂的意外后，短短一个星期内，弗吉尼亚的注意力不再停留在一名女人不幸的境遇。小说的结尾虽仍有可能弥漫死亡的阴影，但达洛维夫人将会活下来。

弗吉尼亚开始着眼于她在日记中提过的议题："精神错乱与自杀研究：疯子与常人所见之世界"。在这篇日记的开头提到了凯蒂具争议性的死亡，作者似乎是受到她的死影响而有此转变。但作者并未让达洛维夫人和凯蒂的下场一样，我们已无从得知个中原因。弗吉尼亚在小说中加入了塞普提姆·史密斯，透过他将达洛维夫人的精神问题外显出来。塞普提姆是第一次世界大战的退役英雄，深受精神疾病困扰，曾在未出版的短篇故事

《首相》(*The Prime Minister*)中出现过。他和谦恭且殷勤的女主角形成了强烈对比。刚开始看时，觉得这两个角色天差地别，但读完小说会发现在整本《达洛维夫人》中，他们之间的关系出人意外地息息相关。

《达洛维夫人》中的几个角色皆取材自弗吉尼亚的生活中。她十五岁时迷恋才情洋溢、个性热情的作家玛吉·西蒙斯·沃根，而弗吉尼亚的一位爱人薇妲·沙克维尔·威斯特曾在日记中写道："小维曾跟我说过她年轻时的情史，而玛吉·西蒙斯就是《达洛维夫人》里面的莎丽·赛顿。"在小说里，达洛维夫人曾经回忆她和莎丽的美妙之吻，她的感觉呼应弗吉尼亚对玛吉的迷恋。作者失望地看着玛吉在进入传统婚姻数年后失去了当年的神采飞扬，而她小说里的莎丽也同样随着时光流逝失去光彩。

塞普提姆的妻子露蕾西亚·华伦·史密斯根据俄国芭蕾舞者莉蒂雅·卢普可娃塑造。弗吉尼亚是通过民间团体"布卢姆斯伯里集团"(Bloomsbury Group)里的一位朋友约翰·马纳·肯恩斯的介绍认识莉蒂雅的。莉蒂雅虽然嫁给了约翰，却仍然被那群高尚的知识分子视为外人。弗吉尼亚经由莉蒂雅了解一位移民如何在新国家中求生存，并且把这些生活经验投射到小说里的意大利人露蕾西亚。作者后来因为太过投入，甚至说溜了嘴，把这位芭蕾舞者叫成"蕾西亚"，令人尴尬不已。

弗吉尼亚虽然在《达洛维夫人》里捕捉上流社会的点点滴滴，不过她本人却抗拒着那种生活方式。她和妹妹瓦妮莎开始参加布卢姆斯伯里集团的聚会，和一群邋遢的知识分子打交道，把凯蒂搞得胆战心惊。凯蒂刚认识这些新朋友时，曾经大喊："老天！他们的模样真恐怖！"但弗吉尼亚则相反，她很喜欢和那些人在一起，他们不会在派对后因为她一脸无聊而唠唠叨叨责备她。和他们在一起，她感到很自在，甚至嫁给了其中一位，也就是伦纳德·伍尔芙。其实这群知识分子从未以"布卢姆斯伯里集团"自称，后来是因为他们经常在伦敦的布卢姆斯伯里区聚会，被后人以地理区位归类成一个社团。

弗吉尼亚和丈夫伦纳德成立了一家小型的独立出版社"贺加斯出版社"(Hogarth Press)，许多集团的固定成员都变成了他们的作家。弗吉尼亚说他们的目标只是希望出版"所有朋友的故事"。她充当排字工，每天费心地在铅板上排列字母和标点符号。贺加斯出版社的第一本书是《两个故事》(*Two Stories*)，其中包括弗吉尼亚的《墙上的斑点》(*The Mark on the Wall*)和伦纳德的《三位犹太人》(*Three Jews*)。出版社后来扩大范围，开始广纳集团以外的作家。此时，弗吉尼亚和伦纳德已经买下一家较大的出版社，雇请印刷工人，扩大事业版图。

出版社的成功给了弗吉尼亚一个创作的新契机。她以前的作品都是由同母异父的哥哥杰拉德·达克沃思出版，现在便决定移回贺加斯出版社，如此一来，她就不需要再担心出版商的商业考虑。一九二三年，弗吉尼亚和伦纳德搬到塔维斯托克，并在地下室成立出版社。弗吉尼亚就是在印刷房隔壁的仓库里，坐在被书本环绕的柳条椅上完成《达洛维夫人》。那里的地板潮湿，弗吉尼亚当然也听得到周遭工人忙碌的声响，不过被隔离在那个封闭的空间里，她是自由自在的。她在新小说的页边空白处写上："一个绝妙的念头跳入脑中：我以后可以随心所欲地写作了。"

一九五二年

《老人与海》

欧内斯特·海明威

圣地亚哥·普伊格和儿子在古巴的沿海地区钓鱼，突然间，鱼线绷紧。他们想把鱼拉上来，却发现海里的鱼力气大多了。那是条巨大的马林鱼，而圣地亚哥只是坐在一艘摇晃不稳的小船里，情势瞬间令人感到畏惧。欧内斯特·海明威在远方看到了海上的搏斗。他将四十英尺长的黑绿色游艇开到他们附近，普伊格在海明威的帮助下战胜了大鱼。疲惫不堪的渔夫向海明威要了一杯水，而海明威则请他喝了他最爱的饮料——啤酒。他们一边喝，一边讨论钓鱼，两人成了好朋友。

《老人与海》的故事是关于渔夫和马林鱼之间的搏斗。如果那次普伊格在没有儿子或海明威的陪伴下独自钓鱼，可能也会有和小说一样的结果。小说出版后，古巴人纷纷宣称他们是海明威故事中真正的男主角，使得海明威困扰不已。其后，作者要其中一名骗子进入当地一家餐厅，当众说明他的谎言。那个骗子根本就不是个渔夫，他直截了当地承认“因为他们说要给我五美元”。只有海明威知道他的创作来源为何。他说：“如果这个老人是真有其人，那一定是查高的父亲普伊格……我经常和他一起钓鱼。”一九五八年根据小说改编的电影上映时，海明威或许建议过电影制片联络查高商借他父亲的船。那艘小船大老远地从古巴航行到加利福尼亚州，于好莱坞首度亮相。至于“老人”的原型则成了文学界的传说。大部分自称是老人原型的人都是骗子，不过至少其中某些人还是有点贡献，他们提供我们机会深入了解作者及他书写这个海上故事的动机。

瘦子格雷戈里奥·富恩特斯在海明威的游艇上工作了将近三十年，经历过三次飓风，他在船上为大家烹煮伙食（拿手好菜是飞虎鱼料理），捕捉了无数的鱼，可能还给了老板更多啤酒。有了这个帮手，海明威在第二次世界大战期间秘密将游艇改成巡逻艇。游艇上装备了炸药、火箭筒和其他武器，作者和几名船员沿着海岸航行，巡视有无潜艇接近，不过从未遇过。富恩特斯和海明威的多年友谊使得书迷相当信任他。他说服一群群观光客相信他就是“老人”，并且收费拍照、大谈他在小说里的角色，这个情况持续到二〇〇二年、年届一百零四岁的富恩特斯过世为止。其实海明威从未说过富恩特斯就是老人，所以他的话并不足为信。不过，他似乎目睹了海明威和普伊格的相遇。他在一九九九年 CBS 新闻台的《星期日早晨》的专访中回忆道：“我们出海时在海上看到那位老人，发现他的小船在海上漂流，船上还绑着一条大鱼。然后他开始写书，正在想书名时，我给它起名《老人与海》。”这本小说的书名或许真的是富恩特斯取的，然那时海明威已经过世，无法证实或否决富恩特斯所说的任何一件事。

卡洛斯·古铁雷兹是富恩特斯之前的船长。他不像后来的这位一样追逐名利，却更可能是小说里的老人原型。一九三六年四月，《君子》杂志（*Esquire*）刊登了海明威的一篇文章，讲述了某次在墨西哥湾暖流钓鱼的经历。文中提到古铁雷兹告诉他的一件事："一位老人坐着小艇在卡巴纳斯外海钓鱼，钓到一条巨大的马林鱼……"古铁雷兹说，那条鱼将小艇拉出外海，老人就在那里奋力和鱼缠斗、最后终于获胜，接着又忙于赶走饥饿的鲨鱼，它们咔嚓咔嚓地啃咬这只硕大的战利品。于是海明威决定将这个真实故事写成短篇小说。他写信给编辑麦克斯威尔·珀金斯谈论这篇小说："我要跟老卡洛斯（也就是古铁雷兹）驾着他的小艇出海，深入了解在长长的搏斗过程中、独自一人待在大海上、周遭没有任何船只是什么样的心情，我要知道他当时所做的每一件事、他在想什么。如果我处理妥当，这将会是个精彩的故事。"即使古铁雷兹并非老人的真正原型，但他的经历和专业知识必定引领着海明威完成后来的中篇小说。

就算海明威在写这个波澜壮阔的故事时脑中真的有一名孤独老人在海上垂钓，我们也无以得知那个人的身份。《老人与海》一九五二年上市后立刻大受欢迎。它原本是刊登在《生活》杂志（*Life*）上，后来才以书的形式出版，小说深受好评，也受到读者的喜爱。海明威更因为这本小说获得一九五三年的普利策奖。读者当然想知道这么一本强而有力的小说背后的故事，因此才引得一群人一窝蜂地争相宣告自己就是"老人"，这个现象和海明威其他依据真人真事改编的小说完全相反，例如《太阳照常升起》（*The Sun Also Rises*），这本小说里的角色相当写实，却激怒了真实的人物。而海明威本人虽然不是“老人”，但他也极度痴迷于海钓。一九五八年《大船》(*Argosy*) 杂志专访他的《老人与海》，海明威说：“我在这里（古巴）钓鱼已有三十年，在此之前，我也钓了好多年了。这就是我写这个故事的原因。”他几乎可说是在学会走路的同时就学会了钓鱼。这些本领都记录在一本剪贴簿上，他母亲在里面骄傲地记下儿子在两岁十一个月大时和父亲去钓鱼，而且“在鱼群中钓到最大只的”。看来，海明威自小就甘于挑战艰巨的任务。

一九五七年

《日瓦戈医生》

鲍里斯·帕斯捷尔纳克

一九四六年十月，知名诗人鲍里斯·帕斯捷尔纳克走进文学杂志《新世界》（*Novy Mir*）的莫斯科总部，并在另一个人的介绍下认识了资历尚浅的编辑奥尔迦·伊文斯卡娅，她是帕斯捷尔纳克的忠实书迷。伊文斯卡娅终于亲眼见到了她的文学英雄，并因此兴奋不已。帕斯捷尔纳克外表英俊，下巴很有个性。而这名三十四岁、曾当了两次寡妇的编辑也相当美丽。两人立刻迸出火花，伊文斯卡娅当然很清楚自己对男人的魅力，没多久，帕斯捷尔纳克就对他忠实的书迷展开了追求攻势。他们第一次见面时，帕斯捷尔纳克就告诉美丽的编辑他正在写小说，但他们两人当时都不知道她将在书里扮演举足轻重的角色。

不到六个月的时间，伊文斯卡娅和已婚的帕斯捷尔纳克就陷入了婚外情，两人对这段感情都相当认真。他们的不伦恋传遍了伊文斯卡娅的办公室，使得她无法再留下来工作。于是帕斯捷尔纳克训练她做翻译，帮助她离开了出版社。但这并不是他们一起面对的第一个障碍。伊文斯卡娅请求作者离开妻子辛芮妲，如此一来，他们才能共享合法的爱情，但他拒绝了。辛芮妲对他们的婚外情心知肚明，但她没有能力阻止帕斯捷尔纳克再和情妇见面，只能坚决反对他抛家弃子，她在一次激烈的对话中让伊文斯卡娅清楚了她的决定。尽管这段爱情掀起滔天大浪，帕斯捷尔纳克仍然继续这段婚外情，也和妻子保持婚姻关系。

与此同时，他继续创作《日瓦戈医生》，也就是他第一次遇见伊文斯卡娅时向她提过的那本小说。这是在说一名诗人——同时也是医生——尤利·日瓦戈如诗般壮阔的长篇小说。日瓦戈在医界工作，看似与作者毫不相干，实际上两人是有共通点的。他们都是诗人，在同一年出生，也享受着齐人之福。作者本人的婚外情成为创作的主要灵感来源。日瓦戈的情妇拉娜·安缇普瓦就是根据伊文斯卡娅而生。而当作者和年轻编辑谈恋爱时，日瓦戈也同时爱上了美丽的拉娜。

一九四九年，关于作者新近创作的谣言传到了苏联政府耳中。官方认定这本作品显然是反苏维埃的，所以必须阻止他完成此书。但帕斯捷尔纳克是个知名的文学家，逮捕他将引来全球的关注。于是苏联政府退而求其次，逮捕了伊文斯卡娅。她在审讯中被查问到帕斯捷尔纳克本人、他们的关系和他的小说主题。在此期间，伊文斯卡娅发现她怀了作者的孩子，但因为拘禁，承受太大的压力而导致流产。接着，她遭受正式刑罚，罪名是：和疑似间谍的分子过从甚密，判五年苦役。作者听到伊文斯卡娅的下场和流产的孩子后伤心欲绝。他写信给政府要求替代伊文斯卡娅服役，但他无法顺从他们的要求终止小说的创作。

伊文斯卡娅被释放时，作者已完成了《日瓦戈医生》，却无法把小说交托给苏联境内的出版社，但国外的编辑都积极地跃跃欲试。意大利菲特里内利出版社派出赛尔基奥·丹杰洛到作者家里拜访。作者把书稿交给赛尔基奥，没多久小说就在国外出版，不过是以意大利文而非以作者的母语面市。

小说很快成为畅销书，各国出版商纷纷印行上市。一九五八年，作者因为《日瓦戈医生》获得了诺贝尔文学奖，最初他发了一则充满兴奋之情的电报给诺贝尔委员会。但才过了几天，对方又接到作者的电报，他婉言回绝了此项荣耀。作者遭到了舆论的攻击，指控他是国家的叛徒。他和伊文斯卡娅也因为这些负面的政治控诉丢掉许多翻译工作。对他来说，伊文斯卡娅比诺贝尔奖重要百倍，这从他寄给苏俄政府的电报内容可看出一些端倪："我已放弃诺贝尔奖，请让奥尔迦·伊文斯卡娅恢复工作。"

在黑暗与光明之间

总得有个人到这些穷街陋巷里去。

——雷蒙·钱德勒《简单的谋杀艺术》

阳光穿过铁栅栏，落在堆积着灰尘的监狱地板上。房间里，除了一张硬床和肮脏的洗手台外，空无一物。这里完全不像写作用的工作室，但通往文学殿堂的路径并不一定都是风光明媚。塞万提斯和陀思妥耶夫斯基就是在狱中获得灵感，进而创作出伟大的小说。他们出狱时可能孑然一身，但塞万提斯带着《堂吉诃德》的种子离开西班牙监狱，而陀思妥耶夫斯基离开囚房时，脑海里也已经完备了《罪与罚》的构想。

接下来，你见到的作者不是违反了法律，就是深入去探究他人所犯的罪行。他们的灵感缪斯和希腊神话中的神祇完全不一样。可能是由毒品引发的幻觉，可能是一场打斗，或是一桩谋杀。这些作家或者自愿、或者无意间闯进黑暗之地，那是大多数人不愿接近之处，而就在这些穷街陋巷中，他们受到启发，开始笔耕之旅。

一六〇五年

《堂吉诃德》

塞万提斯

塞万提斯坐在满是犯人的囚房里，这里恶臭扑鼻，但他仍在想象之中，开启一段穿越西班牙的冒险之旅。就在铁栅栏之外，一位特立独行的英雄和他忠心的伙伴踏上了一场与众不同的追寻旅程。十三个月后，塞万提斯终于出狱，他立刻动笔书写堂吉诃德的故事。

关于塞万提斯的一生，我们拥有的线索很有限，只能猜测到囚房可能发出何种气味，以及同房的犯人人数。我们也只能从最基本的资料、政府和司法机关的记录中追寻他的足迹、跟着他从监狱到战场走一回。现在已无法确定他是不是在拥挤的囚房里发想出那位独特的男主角，不过作者在《堂吉诃德》的序言中，安插了一个小线索表明此事是“在监狱中想到的”。许多学者同意作者所说的“监狱”，指的就是他在塞维利亚的监禁生活。他多年来都担任政府的补给官，却不太认真，经常怠职，工作评价不好。补给官亦容易贪污，他的很多同事都因为自肥而被吊死。至于他则过得风平浪静，直到一五九七年，他批准一项减税申请，却交不出官方报告，最后被关进西班牙最大的监狱里。塞维利亚监狱里关了两千个囚犯，从轻刑犯到危险的杀人犯都有。每天处于犯人的争斗、死刑和拷打的环境中，作者很可能是用想象力来暂时逃开冲突不断的监狱生活的。

他虽然永远不可能做个称职的补给官，却把这个工作经验运用到《堂吉诃德》中。担任补给官必须代表政府到西班牙南部收集货物和税收，途中会遇见不少形形色色的人，也有机会浸泡在当地方言之中。因为他的职分，当地人都不太欢迎他(他甚至被逐出教会)。然而，在他从一家客栈移动到另一家客栈的旅途中，必定在所接触的人们身上体验到人情味及乐天知命的生活情调，进而创作出小说里那些质朴的乡下人。

至于男主角追寻之旅的场景，可能是从以前那段不愉快的婚姻汲取到的灵感。卡塔利娜小作者二十二岁，这对夫妇打从新婚开始就相处得不愉快。他们住在马德里南部拉曼却区的小村庄里。拉曼却区的高原风势强劲，农田一望无际。塞万提斯后来离开了妻子，但那片干旱大地却深深烙印在他的回忆里，最后变成堂吉诃德的家乡。或许在他书写英勇主角不顾一切、挑战矗立面前的强敌时，脑海浮现的便是老家附近某座静止不动的风车。

塞万提斯从未想过要当作家。他在西班牙军队中服过役，并且参加过几场战役，在海上受伤两次，一只手从此瘫痪。他甚至被土耳其海盗捉去，囚禁五年后才回到西班牙。回国没多久，他尝试以写作为生，也写了一本小说和几出剧本，却无法定下心来以此为终生职业。他娶了卡塔利娜后开始从事谷物和油品的贸易工作，后来才成为补给官，并安定下来。

一五九〇年，塞万提斯请求西班牙皇族送他去美洲，以便为国王效更多的力。他们婉拒且表明：“只要提供他一些资助让他看看那边的大海就行了。”但他收到的资助很少，所以在接下来的几年，他都在经济困境中挣扎。七年后，他下狱入监，在塞维利亚监狱关了十三个月。但如果当初他去了美洲，或许就不会挖掘出深埋脑中的无价之作，而堂吉诃德和他的马也不能奔驰在文学舞台之上。一六〇五年，《堂吉诃德》的第一部分由出版商弗朗西斯科·德·罗伯斯出版。这个勇往直前的英雄故事水准大大超出作者之前的作品，使他在文坛上绽放光芒。

一八四四——一八四六年

《基督山伯爵》

大仲马

一八〇七年，弗朗索瓦·皮科心情愉快地到最爱的巴黎咖啡馆和三位朋友碰面：他有重大消息要宣布——玛格丽特·薇戈荷丝已经答应嫁给他。咖啡馆老板马蒂厄·卢比昂在旁边听到这名准新郎官兴奋的谈话，妒火悄悄燃起。薇戈荷丝有钱又貌美，是名理想的妻子。皮科总能心想事成，而卢比昂却必须苦苦维持咖啡馆的营运，还要在丧妻后独力抚养两个孩子。卢比昂决定扭转悲惨的命运，夺取皮科的幸福。他说服皮科的两位朋友，同谋陷害他。他们向官方密告皮科是英国间谍。因为其他三人指证历历，皮科无法证明自己是无辜的，最后他遭到秘密监禁，未婚妻完全不知道他的下落。两年后，薇戈荷丝嫁给卢比昂，后者有了新资金后，开了一家高档的咖啡馆。

皮科被关了七年，无时无刻不在思考复仇的计划。就在他出狱的前几个月，他收到一份礼物，足以资助他追讨回被卢比昂夺去的人生。那就是皮科和同房囚犯变成了好朋友，而他在死前留给皮科一笔巨额财产。因此，当被诬告的皮科回到巴黎时，他已经是千万富翁。皮科的外貌在狱中的漫长岁月里发生很大的变化，老朋友都认不出他，当然不知道他回来了。三十六岁的他以约瑟夫·拉尔歇的假名轻松顺利地回到巴黎，开始惩处叛徒的计划。他们一个个被谋杀，而卢比昂的家庭也分崩离析。薇戈荷丝曾花了两年忠诚地等待着皮科，后来才绝望地嫁给卢比昂，但仍逃不掉悲惨的命运。她在卢比昂的咖啡馆烧成灰烬后因过度疲劳而死于脑中风。皮科最后现出原形，让卢比昂知道一切悲剧的来龙去脉，然后才动手杀掉这名一无所有的幕后主使者。

但就在卢比昂的尸骨未寒之时，皮科却意外地被安东万·阿吕袭击，阿吕是多年前唯一拒绝陷害皮科的朋友。然而，当他发现皮科已经出狱回到巴黎甚至变成富翁，却独自策划了一个贪婪的计谋。阿吕绑架皮科，不给他吃喝，以逼出财产的藏匿处。皮科很固执，就算好几天没有进食喝水，仍然拒绝开口说话。阿吕怒火中烧，将皮科刺死后逃到伦敦。一八二八年，阿吕在死前向天主教神父告解，说出了整个谋杀和欺诈的故事。

惊悚悬疑小说里充满了这类贪婪和诡诈的故事，不过，这个故事其实是犯罪学者雅克·珀谢（Jacques Peuchet）某本记录各种罪行的书中一个真实事件。横跨小说和非小说领域，想象力丰富的法国畅销作家大仲马读了珀谢的书，记下了皮科的故事。一八四三年，四十一岁的大仲马答应出版商贝蒂纳和普隆写一本巴黎的旅游书，不过后来对方改变心意，要求他写一本以巴黎为背景的小说。为了此书，大仲马决定改写这个真实故事，讲述一个男人毅然决然向陷害他入狱的叛徒追讨公义的事。

珀谢的故事是《基督山伯爵》的基本骨架，不过作者更动了一些犯罪元素。小说添加了政治阴谋，情节上也有更多的转折。作者调整了人物的外在条件，以符合小说史诗般壮阔的气势。男主角爱德蒙·唐泰斯变成船员，而非鞋匠皮科。他出狱回家时刻意招摇过市，炫耀他的财富，并且取了一个响亮的假名："基督山伯爵"，不像皮科只是单纯改名。男主角的假名和拿破仑王子有关，他曾在一八四二年和大仲马航行过基督山岛。大仲马告诉同伴，他要把这个迷人的地点写入正在创作的小说中，而他也真的这么做了。

在一八三〇年代中期以后的法国，读者很喜欢读报纸上的连载小说。大仲马的《基督山伯爵》以连载小说的形式，从一八四四到一八四六年在《辩论报》(*Journal des Debats*）分期刊出。法国读者饥渴地阅读着这则令人欲罢不能的故事。小说很快就翻译成许多国语言，上市时也造成全球轰动，它飞出书店，翱翔于全世界。

一八六六年

《罪与罚》

陀思妥耶夫斯基

陀思妥耶夫斯基脚上的铁链铿锵、沉重。他被关在西伯利亚鄂木斯克的日子里，脚镣总是与他形影不离。他在监狱里待了四年，不能看书，不能写字，被迫从事苦役。在此期间，他开始构思一个要发疯的角色——一如现在的他。他清楚地意识到，必须活下去才能把故事写出来。后来他回忆道："这个故事是我在狱中想到的，当时我躺在囚房的床铺上，心情低落，觉得自己即将失去控制。"狱中的生活令他开始思考犯人和他们的动机，虽然他本人并未像主角杀了人，但他很了解为自己的行为负责并承受刑罚的滋味。

他于一八四七年初开始参加圣彼得堡的彼特拉舍夫斯基在家中举办一周一次的聚会。这些家庭聚会谈论的主题很广，涵盖文学、哲学和政治。约莫一年后的某天，陀思妥耶夫斯基在半夜四点醒来，发现房里有一名陌生人。从此，他因和被称作"彼特拉舍夫斯基帮"的人有关而入监下狱。沙皇尼古拉一世因为欧洲政局的起伏而忧心忡忡，担心若是法国大革命的战火延烧到俄国，该如何是好。他决心保护帝制，继续当一名统治者，于是便严密监视所潜在的革命团体，这就包括了彼特拉舍夫斯基的聚会。

经历四个月密集的审讯后，“彼特拉舍夫斯基帮”的知识分子都被判处枪决。十二月的一个冰冷早晨，死刑犯被带到一处隐秘的地点。当年二十八岁的陀思妥耶夫斯基和其他人站成一排。行刑官命令他们分成三人一组，而十六位枪手立于十二码远之处。第一个三人小组被戴上头罩（陀思妥耶夫斯基是第二组），接着响起“上膛……瞄准……”的声音。然而，子弹最后没有射击出去。行刑官大声宣读新命令：沙皇愿意赦免他们，只判他们有期徒刑，不取他们性命。尼古拉一世精心策划这场假枪决，好让他们了解叛国的严重性，之后再减轻他们的刑罚。陀思妥耶夫斯基很快就被押送到鄂木斯克，并在一八五〇年一月抵达大牢，一待就待了四年。他在狱中心情沉重地躺在卧铺上，但四周黑暗的墙壁突然亮起，属于《罪与罚》的第一道灵光就此闪现。

陀思妥耶夫斯基在狱中的时候就很想写一名犯人的忏悔和重生，但直到一八六〇年才遇到理想的男主角形象。当时，他为哥哥米哈伊尔的五百页月刊《当代》杂志（*Vremya*）写稿，此月刊的重点读者群在于社会的普罗大众，他为了寻找适合的新闻题材遍览法国法院的审讯文件，最后发现一则不寻常的事件。

皮埃尔-弗朗索瓦·拉塞奈尔是一名不同常人的罪犯，他机智、受过良好教育、自负……同时也是一名杀人犯。他卷入犯罪世界的契机是因为在决斗中胜出。然而，他的心中并未盈满罪恶感，反而因此找到全新的自我价值。他出狱后专心写诗，但文学一直无法满足他。接着他又犯下几桩抢劫案，其后竟然又杀了人。他再度入狱，但并未在大牢里反省思过，反倒对文学、政治和信仰产生了崭新的想法。

陀思妥耶夫斯基为这名才智过人的罪犯深深着迷，他也成为《罪与罚》里堕落的男主角拉斯科尔尼科夫的原型。无论是在小说里或是真实人生，这两名男人都让谋杀成为致富之道，也都因其暴行而遭受报应。不过，真实世界的拉塞奈尔从未经历过小说男主角的赤贫生活。而陀思妥耶夫斯基本人也比这名遭监禁的法国人更熟知贫穷的滋味。

陀思妥耶夫斯基一直因为债务而面临下狱的困境。一八六五年，他到德国威斯巴登躲避债主，打算专心写作，却摆脱不了赌博的坏习惯，很快地再度破产。他经常声称，就是因为那段时期的失败，才会有《罪与罚》的诞生，也是在那个时候，所有想法结合在一起，形成了故事的骨架。因为饥饿和几乎濒临破产逼得他咬牙硬撑，继续创作小说，他甚至经常忽视经济上的窘境，将写作放在第一位。他后来完成了大部分的草稿，却决定无视两袖清风的现实状况，重新再写一次。他说：“我把手稿全烧了，因为我有了全新的构想和计划。”他的直觉是正确的，从头再写时，他下笔如行云流水、进度飞快。

三个月后，一八六六年一月，《罪与罚》的第一部分在文学期刊《俄罗斯信使》上刊登。在此之前，陀思妥耶夫斯基已完成几本小说，而《罪与罚》大大超越了之前的水准。一位书评人曾说："《罪与罚》必定会成为作者最重要的代表作之一。"《罪与罚》分成十二个月连载，并且为期刊吸引了五百位新订户。隔年，小说以书本形式问市，不过期刊的连载早已经奠立了它在俄国文坛的地位。

一九五九年

《裸体午餐》

威廉·巴勒斯

威廉·巴勒斯在信纸上补上一句，署名“爱你的比尔[①]”。这封信将从摩洛哥丹吉尔灰尘弥漫的大街抵达丘陵连绵的旧金山，最后送到艾伦·金斯堡的手里。巴勒斯在北非写了几百封信给这位朋友兼暗恋对象。四十岁的他住在远离美国、介于大西洋和地中海之间的城市，心里真是百感交集。丹吉尔由欧洲八个不同的国家统治，是语言、金融贸易和政治的枢纽，同时也是黑市交易中心。毒品在街道上来回流动，最后被摆放在厨房的流理台上，而街角则有成排的妓女在招揽生意。

一九五四年一月，巴勒斯正在寻找可以单凭父母每月寄来的两百美金过活的地方。他是有钱人家的孩子，从哈佛大学毕业后，父母每月都会寄同样金额的生活费给他，直到一九六〇年初，他终于可以自力更生为止。丹吉尔的生活开销低廉，是个躲避外界的好地方，但巴勒斯太寂寞，最后只能以吸食大量的毒品来抚慰孤单的痛苦。刚开始，他几乎来者不拒，甚至包

① 比尔（Bill）是威廉（William）的小名。

括可以令人兴奋的德国吗啡 Eukodol。与此同时，他经常写信给金斯堡，金斯堡说那些信件“忠实记录了比尔鼓足勇气对抗忧郁及毒品的过程”。巴勒斯最后因为尝试戒毒失败，便跑到英国一所戒毒中心求助。

戒毒成功后，他在威尼斯小住了一段时间才搬回丹吉尔，并且开始疯狂地写作《裸体午餐》，以小说形式记录他和毒品的点点滴滴。巴勒斯回忆：“我一直写、写、写。我通常每隔两天就要吃大麻糖（majoun）。平常，我书桌上会有一大把大麻烟，我就边抽边打字创作。”作者说，他必须戒掉大量吸毒品的习惯才能专心写《裸体午餐》。但讽刺的是，这本书的大部分却取材自他在吸毒期间写给金斯堡的信件。一九五七年三月，金斯堡来到丹吉尔协助作者写作。他带来一沓沓作者写给他的信件，并且按照时间的先后整理妥当。

金斯堡不是唯一一个协助作者完成这本颠覆传统小说的人。另一位作家早已经坐在作者位于慕尼里亚旅馆房间的打字机前，将作者的手稿敲打、誊写出来。他就是两人共同的朋友杰克·凯鲁亚克。他们三人于十年前在纽约认识，后来又在丹吉尔碰面。作者欠了凯鲁亚克一个人情，他的朋友在他尚未动笔前就已经帮他想到了这个书名。金斯堡在朗读作者以前完成的书稿时，把“赤裸欲望”（naked lust）念成“裸体午餐”（naked lunch）。而凯鲁亚克抓住这个小错误，坚持要作者拿来当书名，写一本小说。

凯鲁亚克并不喜欢这个落后的异国都市，他只待了四个星期，在金斯堡抵达后立刻收拾行李离开。金斯堡住了几个月，每天工作六小时。他和作者浏览信件，寻找值得一写、有价值的材料。金斯堡后来说：“那些信件与小说相融，生活亦与艺术结合。”其后，诗人兼剧作家阿蓝·安森（Alan Ansen）加入他们的行列。他从事研究助理的工作，并有丰富的经验，能在紊乱的文字中抓出关键元素。金斯堡和安森在六月离开，尚余两百页的书稿，但未完成小说。作者独自继续这辛苦的笔耕。他前往北欧斯堪的纳维亚旅行，这里后来成为小说的场景之一（丹吉尔、墨西哥和美国亦包含在内）。后来他又回到丹吉尔，不久后去了巴黎，在这段时间他开始修改《裸体午餐》。若非《芝加哥评论》（*Chicago Review*）刊登了一则《裸体午餐》的摘录，作者很可能会花更多的时间修订此书。

一九五八年秋天，一位芝加哥八卦专栏作家抨击《芝加哥评论》的这则摘文。再加上芝加哥大学全体教职员认为小说内容过于写实，而将其列禁，以至于下一篇摘文在印刷前就喊停。几位编辑被这次的审禁惹火，便辞掉杂志社的工作，另起炉灶，起名《大桌》（*Big Table*）。这份反传统的杂志刊登了巴勒斯的摘文，邮局方面却以内容太过写实为由，表示不适合发送，几百份的杂志就这么堆在邮局里。

结果，几乎可说是不消多时，有人找巴勒斯接洽小说的版权。巴黎奥林匹亚出版社的莫里斯·吉罗迪亚斯打算买下《裸体午餐》，而且要求两个星期内就要收到书稿，好趁这场文坛八卦尚热之际出版。因此作者急速完成小说。一九六二年，美国的格罗夫出版社排除万难地出版《裸体午餐》。作者的第一本小说《瘾君子》(*Junkie*) 也是根据他的吸毒生活而写，却未受重视，不过《裸体午餐》因为反对声浪太大，反而让作者成为文学界的焦点。波士顿有一名书店老板，因为在书店放上《裸体午餐》，遭到警方以携带违禁物品为由逮捕。于是波士顿法院开庭审议该书，并裁决它“不适合阅读”。但金斯堡和诺曼·梅勒仍倾力为这本小说辩护。这桩官司后来送到最高法院，《裸体午餐》终获判定为具有文学价值，得以平反。

巴勒斯的名声向来不好。一九五一年，他、妻子琼（Joan）和两个孩子住在墨西哥市。他在一个派对上喝醉了，心血来潮地想玩一个游戏。他记得自己跟妻子说：“我觉得我们现在可以来玩威廉·退尔[①]的射苹果游戏。”当时坐在离他六英尺远的琼顺从地把一只高脚酒杯放在头顶。巴勒斯举起点三八步枪（他原本已经要把这支破旧的枪带到市集上卖掉）扣下扳机，射中了妻子的头。他妻子在抵达附近的红十字医院前就已身亡。作者受到极大震撼。他不解自己为什么会扣下扳机，并认为是一直占据他的邪灵所为。作者后来坦承，是这次可怕的行为迫使他开始写作。他说：“琼的死让我发现我被邪灵侵占的事实，我受到钳制，一辈子痛苦不堪。我别无选择，只能将写作当成唯一出路。”

① William Tell，瑞士人，传说因他精通射箭，总督要他把苹果放在他自己的儿子头上，若是射中，就饶他一命。

一九六〇年

《杀死一只知更鸟》

哈珀·李

一九五六年圣诞节当天，三十岁的哈珀·李收到朋友迈克尔和乔伊·布朗夫妇的简讯："你有一整年的时间不需工作，好好地写你想写的东西。圣诞节快乐。"李之前在纽约市当过作家，但从未发表过作品（她的家乡在亚拉巴马州的门罗维尔镇，那里和纽约截然不同，生活步调相当缓慢）。她一边在人家家里帮佣，一边设法完成五篇故事，可是写作的时间仍旧不够。布朗夫妇的礼物改变了一切，她终于可以不用工作，将所有精力都放在写书上。这位高个子、害羞、褐发褐眼、褐色肌肤的女人就座提笔，一个月内就完成了一本小说的前五十页。她走进经纪人莫里斯·克雷恩的办公室，将小说的开场篇章交给他，当时的书名为《设立守望者》(*Go Set a Watchman*)。

克雷恩在前一年已读过李的短篇小说，也一直鼓励她写本长篇的。于是李分批交了几次书稿给经纪人，到了二月，一本完整的小说书稿就躺在克雷恩的办公桌上。克雷恩很愿意把书稿寄给出版社，不过他建议书名要简化，改以小说主角之一，将书命名为《阿迪克斯》(*Atticus*)。他把书稿寄给利平科特出版社（J. B. Lippincott），该出版社的编辑团队表示有兴趣，但必须修改小说的结构。他们邀请李到办公室讨论情节的结构问题。李仔细聆听他们的评论，并在几个月后交出修改过的书稿。十月，李收到出版社的报价。自从坐下来专心写作后，她花了不到一年的时间就收到出版社的合约。

这本小说在出版面市之前经过无数次的修改，后来甚至又改了一次书名，但身为主角之一的阿迪克斯，他的名字则一直到最后都没有改变。他是根据提图斯·蓬波尼乌斯·阿迪克斯（Titus Pomponius Atticus）命名，这位历史人物是罗马哲学家兼政治家西塞罗的好友。小说里，阿迪克斯的性格是以作者的律师父亲亚萨·科尔曼·李为原型。一九一九年，二十九岁的亚玛撒·李为两名黑人辩护。他们被控谋杀一名白人店员。两位黑人最后都被判决有罪、送上绞刑台，而他们有部分头皮交给了受害者的父亲。这起判决虽属正义之举，但却是可怕的反面教材。

四十年后，作者选择另一个审判作为小说的主题，而这个审判亦充满种族歧视。她深入家乡历史，挖掘出几十年前的一个案子。一九三三年，内奥米·洛厄里（Naomi Lowery）指控沃尔特·莱特（Walter Lett）在门罗维尔镇外性侵她。内奥米是白人，而沃尔特是黑人，这表示他根本无须受审就已经被判有罪。沃尔特后来被处死刑。但因许多当地人皆质疑他的罪名及死刑的判决，所以法院改判他无期徒刑，但此时他已经精神崩溃，从此没有复原。《杀死一只知更鸟》里的阿迪克斯·芬奇在一场情况类似的争议性审判中为一名黑人辩护。被告汤姆·鲁滨逊被控性侵一位白人女性。尽管罪证不足，但一九三〇年代的亚拉巴马州种族歧视严重，这表示正义实难有立足之地。

作者特意不让书里的人物和任何真实人物有关，不过故事里大部分的情节显然受到她童年影响甚巨。小说中六岁的主角斯库特和作者小时候很像，都是胆子很大的野丫头；而神秘且孤单的布·拉德利也是根据真人事实而写。索恩·博尔韦尔十几岁时因抢劫药房被抓，而这只是他众多小恶之一。法官本来要把他送进一所州立工业职业学校，但却遭到他父亲反对。他父亲向法官保证索恩回家后绝对不会再惹麻烦。从此，很少人在他们家外面看到索恩。杜鲁门·卡波特是作者童年时最好的朋友，他也说索恩就像小说里的阿布，都住在树林里。卡波特其实也把索恩写进了他的小说《别的声音，别的房间》(*Other Rooms*, *Other Voices*)，只是后来删掉了。关于布·拉德利的故事，卡波特强调："李所写的全都是事实。"

卡波特也提到，他就是小说里斯库特想象力丰富的朋友——迪儿。这位特立独行的作家就和小说里的分身一样，热衷创作细腻且精致的故事。作者和卡波特小时候形影不离，某天，李的父亲送给他们一样礼物，预示了他们未来的作家之路——Underwood 牌的打字机。这对好友每天花好几个小时待在打字机旁。因为年纪尚小，他们写的主题都是家乡的当地居民，多年后，作者又再度回到同样的场景书写小说，只不过这次的写作并不顺利。作者曾经在某次修稿时，因为极度烦躁而把书稿丢出公寓窗户，任凭纸张在纽约的大雪里纷飞。李的编辑特雷莎·冯·霍霍夫（Theresa Von Hohoff）说服她尽速冲出去捡书稿。霍霍夫对李的能力很有信心，不过更重要的是，她知道李是个有抱负和冲劲的人。霍霍夫回忆道："她全心致力于写作，而不只想要'当一位作家'。"

一九六〇年，《杀死一只知更鸟》出版时，作者可能只期望它会小有成就。她根本不可能预测《杀死一只知更鸟》会造成轰动、成为畅销书。它在《纽约时报》的畅销书排行榜上停留了将近两年的时间。小说出版一年后，《杀死一只知更鸟》获得普利策奖，并且成为美国国家图书奖的决选名单之一。接着在一九六二年，由格利高里·派克主演的电影版上映。李几乎是在一夜之间从穷困的作家摇身一变，成为家喻户晓的名人。专访的邀约和书迷的信件如潮水般涌来（她曾经一天内收到六十二封信件）。由于作者生性害羞低调，很难适应聚光灯下的日子，所以她选择退回自己原本的生活，不再接受专访，偶尔才公开露面。书迷迫切地等待她的第二本书上市，但永远没有等到。究竟原因为何？我们只能猜测，也许在首作大放异彩后，在此成功的阴影下她难以再次创作。很难得的，李在二〇〇七年的亚拉巴马学术荣誉奖颁奖典礼上露面，她简洁有力地解释她不愿再成为公众焦点的原因："沉默总比当傻瓜好些。"

一九六六年

《冷血》

杜鲁门·卡波特

一九五九年十一月，杜鲁门·卡波特在翻阅《纽约时报》浏览新闻时，于第三十九页发现一条标题："富农一家四人被杀"。藏在报纸里的这则新闻相当骇人。在堪萨斯州一个小镇，一个从照片上看来幸福完美的家庭，却有四人惨遭杀害，手法残暴，当地警长推断"杀人犯必定是名精神病患"，他们将全力追凶。卡波特嗅到这则新闻背后一定有很多故事，于是他告诉《纽约客》的威廉·肖恩，他将展开个人调查。他不在乎警方还未抓到行凶者，决定将调查重点锁定在暴行本身，以及它对表面上看来宁静安详的小镇所造成的影响。

几个星期后，卡波特获得主管允许，回家打包行李，坐火车前往堪萨斯州的霍尔科姆镇。这位新兴作家向来热爱挑战，但他不确定在落后的乡下地方会有什么事在等着他。他很清楚自己在被称作民族大熔炉的纽约比较吃得开，但面对保守的中西部居民实在没有把握。于是他邀请另一位伙伴同行。从小就是他的好朋友的哈珀·李立刻就答应了。她回忆道："他被这起罪行吸引，而我与犯罪事件息息相关——老天，我真的好想去。

心灵深处一直有个声音要我去。”此外，她的第一本小说《杀死一只知更鸟》即将出版，她感到压力很大，这趟调查之旅刚好可以分散注意力。

卡波特几乎是一下火车便立刻引来目光。他是一名特立独行的作家，声音很尖，个性外向，穿着打扮浮华时髦，和乡下人完全格格不入。但他仍然想赢得当地人的喜爱和亲切招待。然事与愿违，镇民仍然处于灭门案的惊吓中，防卫心很重，他根本不可能打破他们的心防。幸好，李从小生长在亚拉巴马州的门罗维尔镇，很清楚和小镇镇民相处的诀窍，而这也不是李第一次在乡下地方拯救卡波特。小时候，他们住在门罗维尔镇时，李就曾经站出来保护太过与众不同的卡波特，免遭蓄意挑衅的恶霸骚扰。现在他们长大成人，她收起拳头，改以微笑与霍尔科姆镇的镇民应对。她几乎是立刻就和当地的女士变成朋友，同时也为卡波特铺了一条和镇民结交的路。终于，有一户人家同情这个古怪的外人，邀请他到家里吃圣诞晚餐。就在碗盘洗好、擦干、放好没多久，这消息就像野火燎原一般传开：这名纽约记者其实很风趣，很好相处。于是更多人邀请他吃饭，卡波特终于有机会深入了解受害者和小镇的风俗民情。

如果在客厅窗户外面偷瞄卡波特，你可能会以为他只是来串门子的。他决定要和镇民建立彼此信任的友谊，所以他和李都不用录音机，也不写笔记。只在离开后飞快写下记住的细节，并且在当晚互相比对。经过两人的共同努力，卡波特编织出一个令人信服的故事，描述小镇在灭门案发生前后的样貌，不过他对接下来的发展毫无心理准备。

一九五九年十二月三十日，两个嫌疑犯在拉斯维加斯被捕，而负责此案的警官艾尔文·杜威开车到内华达州将嫌犯押解回来。杜威抵达小镇时，大批民众在地方法院外等待着。卡波特也在人群中，他很好奇什么样的人会犯下如此滔天大罪。两个看起来相当诡异的人跨出警车。理查德·“迪克”·哈克考克是高个子，浅色头发，面貌丑恶，而佩里·史密斯则是矮小的黑发跛子。他们已经坦承杀人。卡波特很快就和哈克考克、史密斯展开一连串的会见。他以三寸不烂之舌诱使他们吐露更多私事，他们也逐渐敞开心胸，告诉卡波特自己的过去、杀人动机，甚至还说出杀人当晚的经过。他和两个犯人建立了不寻常的友谊，并且拼凑出他们混乱却引人注目，但又残暴至极的个人特质。他也发现这个故事不再只是新闻报道，足以写成一本书。卡波特将《冷血》定位成第一本非虚构小说，他说：“它虽然是以小说的叙事技巧写成，却是不折不扣的纪实报道。”

他花了六年才完成书稿，但大部分的时间都花在焦急地等待法院的判决上，如此他才能动笔写最后一章。两个凶犯后来被判处死刑，卡波特也终于完成小说。《冷血》于一九六五年在《纽约客》连载，使得杂志销量一飞冲天。这个成功案例提前预示隔年小说的出版将轰动文坛。卡波特成为媒体追逐的大人物，在电视台、广播节目和各大刊物上出尽风头。

一九六七年

《局外人》

S. E. 欣顿

一名梳着大背头的青少年从俄克拉荷马州塔尔萨市的学校往家里走。他是学校的“油头小子”之一，这些人抽烟，穿黑色皮外套，四处闯祸，声名狼藉。当一车“公子哥儿”在他身边停下来时，这个小流氓根本无路可逃。“公子哥儿”是塔尔萨市有钱人家少爷所组成的帮派，专门对付贫民区的“油头小子”。两队人马之间冲突不断、一触即发，不是互相叫嚣就是大打出手。就在这天下午，“公子哥儿”遇到难得的机会，要好好修理落单的“油头小子”。

苏珊·埃洛伊丝·欣顿听到朋友被打伤时十分愤怒。欣顿写小说多年，所以她理所当然地将怒气直接带到打字机前面。她回忆道：“我当下转身回家，坐下来用打字机打出男孩看完电影、独自走回家却遭到围殴的故事。而这就是《局外人》的开场。”欣顿很想写出一九六〇年代青少年的真实样貌。她所看过的青少年读物描写的青少年都轻浮虚假、非黑即白，完全不像她所认识的朋友。而她和其他作者最大的不同就是：她和书里的人物一样都是青少年，有成年作者所没有的优势。她开始写

《局外人》的时候只有十五岁，是一名高中二年级的学生。

欣顿一向独来独往，不属于学校的任何一个团体。不过她的朋友几乎都是贫穷的“油头小子”，但也有几位交情不错的“公子哥儿”。她很小的时候就清楚地知道，每一名青少年——无论贫富——都有自己的挣扎和痛苦。这能帮助她以带着体谅和同情的笔调描写两方。她的许多朋友也化作小说人物的原型。她在一封给经纪人的信里提到：“你应该会想知道，我书里的许多角色都是真实存在的人，例如小说里的角色‘两撇’（Two-Bit Mathews），他的原型人物昨天才开车载我去上学。他和他的朋友都是这本小说的灵感来源。我曾跟他们提过，但他们只是一副无所谓的模样，一笑置之。”

欣顿很小的时候就开始用父亲的Underwood牌打字机写作。那台沉重的老机器很难用，但她完全不受影响，继续用它打出牛仔和马匹的故事。后来，在她读初中三年级时，终于有钱投资一台打字机。她的可卡猎犬生了一窝小狗，在卖掉它们后赚了一笔，有了足够的钱买一台新型的打字机（虽然不是电动的），并用它写了第一本小说。

她完成了《局外人》，并且迫切地想要找出版社出书。她母亲半开玩笑地答应，如果有出版社买下她的小说就买辆车送她。欣顿的妹妹贝弗利很希望姐姐能得到那辆车，于是私下把书稿寄给一位经纪人。自此之后，贝弗利以身为小说成功的推手自居，但欣顿也会提醒她：“不过车子的第一条凹痕也是拜你所赐。”那位经纪人就是纽约柯蒂斯·布朗代理公司的玛莉莲·马洛。马洛打电话给欣顿："我觉得你的小说很有想法，我会尽全力找出版社的。"欣顿高中三年级的创意写作成绩是D，不过选择放弃学校作业的结果是值得的。就在她高中毕业那天，她收到第一本小说的合约。马洛已将小说卖给她寄出的第二家出版社。

《局外人》出版后，欣顿遇到严重的写作瓶颈。她的第一本小说成为大卖的畅销书，想要维持如此的成就并非易事。为了帮助她再度坐下来打字，她的男友发出最后通牒：如果一天没写出两页稿子就不能出去约会。她因为太想和未来的丈夫在一起，终于有了写小说的灵感。一九七一年，她的第二本小说《过去是过去，现在是现在》(*That Was Then*，*This Is Now*）出版，书名刚好映照出她努力摆脱《局外人》的成功、继续创作的心情。然而她后来的小说都追不上《局外人》的惊人成就，但她仍然继续开心地创作。在一次的广播专访上，主持人问她，只有一本小说成功的感受如何，她回答："这样总比默默无闻好太多了。"

一九六九年

《五号屠场》

库尔特·冯内古特

一九四五年二月十三日，库尔特·冯内古特听到空袭警报大作，于是和其他战俘慌张地跑下两层楼，躲到下面的屠宰场。地下一楼已被改作士兵的寝室，摆满床铺和草席，而宰杀完的动物尸体都吊在下面的冷藏室里。他们能听到同盟国正在轰炸德国的德累斯顿，但无法得知战况如何。这次的攻击可说是惊天地、泣鬼神。“我们爬出地下室时，整座城市已经荡然无存。”他在一九七七年接受《巴黎评论》(*Paris Review*) 的专访时如是说。几个小时内屠杀了十三万人，大部分都是平民百姓。战机离开后，他和其他战俘被安排去处理尸体。他在一九四五年五月重获自由，但那次轰炸的回忆一直缠绕不去。

冯内古特于一九四三年入伍，第二次世界大战期间加入步兵团参战。一九四四年十二月，这位二十二岁的士兵在比利时的坦克战中被德军俘虏。他在这场德军的突袭战役目睹许多残忍的杀戮，但什么都比不上德累斯顿的惨烈。他遭俘后，被押送到德累斯顿当战俘，和一组士兵一起从事劳役。他们晚上住在被德军称为 Schlachthof Fünf[①] 的地方。而这里后来便成为小说的书名。白天，他们就在一家工厂工作，生产孕妇吃的麦芽膏。德累斯顿生产各式各样的产品，例如竖笛和香烟，但并不制造武器。这座城市不是战略重地，也根本无力对如此大规模的轰炸做出反击，但万万想不到同盟国联军居然这样无情地摧毁这个都市。

他回到美国后考虑把那场屠城之役写出来，但又认为自己并未亲眼目睹轰炸的过程，没有太多题材可写。而美国的报纸也只轻描淡写地报道德累斯顿的轰炸，所以他对那次的事件所知有限，他只能算是一名在那座城市工作过的人，而且也不清楚到底有多少人死亡。不过，一九六三年，大卫·欧文（David Irving）的《德累斯顿的毁灭》(*Destruction of Dresden*）揭露了那场屠城事件的全貌。冯内古特终于明白：“老天，我的确目睹了部分经过！”于是他决定要将第二次世界大战当主题。唯一的问题就是：时间都过去那么久了，着实很难想起在德累斯顿发生的每一件事。

于是他开始联络曾和他一起服役的战友，但他们大部分都希望忘掉那次可怕的经历。退伍军人伯纳德·V. 奥黑尔（Bernad V. O’hare）是支持冯内古特的朋友之一。就在一次和奥黑尔的会谈中，冯内古特得到一个重要的启发。那次，奥黑尔的妻子玛丽愤怒地打断他们的交谈，斥责他们居然在打算描写

---

① 德文“五号屠场”。

“二战”有多华美、壮阔。她提醒他们，那些真正上战场的都是孩子，是十几岁到二十出头的男孩，不是完美无缺的成熟男人。玛丽的意见给冯内古特留下深刻印象。他说：“她让我摆脱限制，放手去描绘这些十七到二十一岁的年轻士兵。”他不再一心一意地想写战争英雄，他将玛丽的提醒放在心上，并在书名后追加“孩子的圣战”（“The Children’s Crusade”）。

《五号屠场》并非典型的战争小说，没有按照时间顺序书写，场景也不只是锁定在前线，而是以时空交替、前后跳跃的手法叙事，再根据作者参战的亲身经历，融入科幻题材。作者后来表示：“《五号屠场》的科幻桥段就像莎士比亚剧本里的丑角。”这些时空之旅和真实战场情节交错对比，引人深思。

在此之前，冯内古特已经写过几本小说，但这是他的第一部长篇大作。《五号屠场》于一九六九年出版，随即跃上《纽约时报》畅销书排行榜的第一名。不过小说打破传统，充满争议的宗教和情欲场景尤其引起读者的反弹。《五号屠场》成为美国最令人紧张的禁书之一。许多忧心忡忡的家长向学校施加压力，将此书排除在课程之外。然而，冯内古特的主要书写对象正是孩子，也就是那些刚从高中毕业的士兵。

在追寻与灵感之间

你不能光等着灵感降临，你得拿着棍棒去追捕。

——杰克·伦敦

圣·埃克苏佩里从满天繁星下飞翔而过。杰克·凯鲁亚克猛踩油门，从美国的这一端朝另一端飞驰而去。杰克·伦敦步履艰难地穿过白云皑皑的大山。赫尔曼·梅尔维尔在航经巴哈马时看到鲸鱼喷出水柱。他们都不愿意等着墨水和钢笔借由小说文字带他们去冒险，这些作家收拾行李，启程迎向真正的伟大探险。

无论是寻找刺激，或只是度假休息，接下来要讨论的作家都发现，最好的构思皆是在远游之时来到。有人是被陌生环境之美或当地悠远浩瀚的历史所震撼。有人在旅途中无意闯入险境，死里逃生。他们在旅途中所获得的经历比你在一般礼品店找到的任何东西都更有价值。那是文学瑰宝，是构建传世小说作品的基石。

一八四七年

《简·爱》

夏洛蒂·勃朗特

令人震惊的消息传遍罗海德学校。附近利兹市的一位女教师发现丈夫的另一段婚姻，以及他的秘密发妻。更糟糕的是，这名可怜的女教师才刚生下宝宝，她承受不了打击，精神失常。她的丈夫辩称第一任妻子有精神病，他是因为无法接受她却又不能离婚，才决定再娶，也打算隐瞒两个女人一辈子。一个不忠的丈夫、一段不合法的婚姻、一名私生子……女教师的人生就此崩溃。而正在罗海德学校教书的夏洛蒂·勃朗特必定对这段丑闻产生了共鸣，所以几年后，她才根据这对不幸夫妇的真实故事写了一本小说。

夏洛蒂离家拜访一位朋友，而这趟旅行给了她构思小说情节的灵感。一八四五年七月，夏洛蒂到英国哈瑟西奇拜访老朋友艾伦·纳西。艾伦当时住在哥哥亨利的家里帮助他布置新房。亨利曾经向夏洛蒂求过婚，但夏洛蒂回绝了他那像商业交易一般的婚约，六年后，他终于找到合适的妻子。夏洛蒂在那里待了三个星期，不过这两位好朋友大部分时间都在旅行。

她们参观的景点之一就是位于哈瑟西奇北方一英里的大

豪宅“北利斯庄园”(North Lees Hall)。它曾有位女主人被认定精神失常，关进一间墙上有软垫的房间，最后则死于大火之中。夏洛蒂参观北利斯庄园时得知这个悲惨的故事，也必定想起了利兹市那位疯掉的女教师。她将两个故事融合，写成了《简·爱》，故事里的年轻女教师爱上身怀可怕秘密的男人，而神秘男子住的桑菲尔德庄园就是“北利斯庄园”的翻版。其实，夏洛蒂将旅程中的许多地点都写进了小说，例如桑菲尔德庄园附近的诺顿镇，很明显就是根据哈瑟西奇虚构出来的。作者也不打算掩饰这个小说场景的原型：她以哈瑟西奇一家客栈老板的名字来命名诺顿镇，而小说主角的姓氏，是受一个在哈瑟西奇住了好几代的爱氏家族（Eyre family）所启发。

离开哈瑟西奇后过了一年，夏洛蒂提笔开始写《简·爱》。她在安静、昏暗的房间里，坐在父亲的病榻旁，一面照顾眼睛开刀的父亲一面写小说。近视的夏洛蒂将稿纸凑到眼前，慢慢开展这个故事。她越来越投入，疯狂地写，直到发烧必须休息为止。她的热情是会传染的。一八四七年八月，夏洛蒂将书稿寄给史密斯出版社（Smith, Elder, and Company）。乔治·史密斯一坐下来读就爱不释手，他取消当天的所有会谈，甚至熬夜一口气把小说看完。同年十月，他出版了《简·爱》，这是夏洛蒂第一本出版上市的作品。小说立刻大受欢迎，然而，就算在街上和她擦肩而过，也不会有人认出她，这当然也包括她的出版商。

作者是用笔名柯勒·贝尔（Currer Bell）出书。夏洛蒂坚持用笔名，并要求同是作家的姐妹艾米莉和安妮照做。当时的妇女因为性别的关系会遭受严厉的批评。夏洛蒂解释道："我们隐约察觉到文学界对女性作家容易有偏见；我们发现，女作家若是表现不好，评论就会是攻击她们个人的武器，若是表现出色，书评又会虚情假意地奉承她们。"三姐妹决定各以柯勒、埃利斯及阿克顿·贝尔（Currer, Ellis and Acton Bell）为笔名。至于贝尔这个姓氏则取自为她们父亲帕特里克·勃朗特牧师工作的亚瑟·贝尔·尼科尔斯。但夏洛蒂当时完全没有想到她后来会嫁给尼科尔斯。

三姐妹经常一起咯咯笑着，阅读关于贝尔兄弟的诗作和散文作品的书评。夏洛蒂说："我读到很多关于《简·爱》的书评，笑得合不拢嘴。评论坚持这本小说不是一个人写的，说书里'处处充满多人合作的线索，作者群里一定有女性'。"书评家都不知道《简·爱》的确是女性的作品，而且是出自"一位"才华横溢的女作家。

一八五一年

《白鲸》

赫尔曼·梅尔维尔

一八三八年，一位船长在智利沿岸看到地平线上有一条水柱喷起，他大喊：“那里有鲸鱼在喷水！”捕鲸船降下小船，水手们大胆勇猛地朝水柱划去……最后他们看到那抹白色。它是莫卡·迪克（Mocha Dick），恶名昭彰的白化抹香鲸，全世界在海上航行的船只都对它敬畏三分。有几百位水手尝试征服那条“深海中的凶神恶煞”，它浅色的背部伤痕累累，那是每次和人类搏斗时被刺枪所伤。而在追捕这条大鲸鱼的过程中，也有许多技艺高超的捕鲸人丧命。

因此，当投叉手看着莫卡·迪克的血盆大口和长着藤壶的头，双脚自然而然颤抖起来。投叉手高举鱼叉、瞄准、射出，但失败了，大鲸鱼顺利游走。隔天，那艘船又遇到莫卡·迪克，但这次，一支鱼叉刺中它的身侧，而且刚巧正中它的死穴。大鲸鱼痛得狂扭翻跳，并朝小船猛撞，接着钻进大海。水手为了防止被拖入海中，正要砍断连接着刺枪的绳子时，受伤的莫卡·迪克又冲出海面，不过它已经相当虚弱。然而这条好斗难缠的鲸鱼仍然奋战到最后一口气，水手终于可以庆祝胜利。

J. R. 雷诺兹于一八三九年为《尼克博克杂志》(*Knickerbocker Magazine*)写了莫卡·迪克死亡当天的真实报道。而十年后，赫尔曼·梅尔维尔坐下来写小说，将以他在海上的亲身经验结合其他人伟大的捕鲸冒险，写出一本书。梅尔维尔必定听说过那条传奇的鲸鱼是在智利沿岸的莫卡岛首度被人发现，于是在小说里将地名稍作更动，将大白鲸命名为莫比·迪克，并且安排一位意志坚定的船长，决心搜捕那条无敌大白鲸。不过还有另一桩海上冒险也同样引起了梅尔维尔的共鸣。

一八二〇年，乔治·波拉德船长指挥舵手将船朝聚集在科隆群岛附近的一群鲸鱼驶去。水手们正要捕鲸时，一条鲸鱼离开鲸群，朝船撞过来。捕鲸船开始下沉，船长在鲸鱼第二次攻击时命大家弃船逃生。生还者分坐三艘小船，在大海中漂荡，在没有足够补给品的情况下，有人绝望地开始吃人。水手欧文·蔡斯所讲的故事对梅尔维尔产生了“惊人的影响”。以前几乎没人听说过鲸鱼会转身攻击捕鲸船，所以这起事件成了水手的梦魇。但对作家梅尔维尔来说，它却启发了一部海洋史诗巨作，刻画出一位身体伤残的男人。

《白鲸》并非只是由二手资料拼凑而成。作者本人曾有一段短暂的时间在捕鲸船上工作。一八四一年一月，因为没有其他工作机会，他加入“阿古希耐”号朝南太平洋而去。当时鲸鱼的需求量很大，日常生活中从点灯的鲸油到女性的束腹都缺不了它们，因此商业价值很高。二十一岁的梅尔维尔在公海上的日子过得舒畅惬意，做过捕鲸步骤中的所有工作。捕鲸行动始于掷出鱼叉，不过这只是搏斗的开始，接着必须刺到鲸鱼死亡为止。依据鲸鱼的大小，有时候必须缠斗好几天才能成功。然后“阿古希耐”号会将一桶桶的鲸油送到美国本土，可证明船员在远洋上的功绩。作者在船上也逐渐融入海上生活，聆听水手说故事，凝视着盘旋在天空的信天翁。后来作者和另一位同船水手在南太平洋一座岛屿下船。在岛上生活一个月后，又跳上另一艘捕鲸船。

梅尔维尔从未遇过凶狠的鲸鱼转身攻击船只的情况，但那段时期，他在船上过的生活就和《白鲸》里所描述的一样，在海上追求金钱和刺激。出海当捕鲸手后又过了十年，作者说他正在创作“一本奇怪的书”。他又回到海上，不过这次，他的船长是一名急躁易怒的男人，他被莫比·迪克咬断一只腿，并且矢志复仇。

梅尔维尔之前已经写了两篇回忆录和三本小说，然后才开始写这个鲸鱼的故事。他后来将小说赠予朋友——也就是作家纳撒尼尔·霍桑，书里题有：“向他的才华致敬”。但在《白鲸》里，梅尔维尔也展现了他的文学天分。他的小说并非只是一个男人和一条鲸鱼，它洞察力丰富、充满文学典故和实验性质的叙事手法。不过，小说于一八五一年发表时读者的反应十分冷淡。第一刷只卖出三千本，一直等到二十世纪初才得到广泛的回响，但梅尔维尔已于一八九一年过世，离世几十年。一九二〇年代，《白鲸》获得好评，书评家不只为故事感到震撼，也为作者异于当代作家、突破传统的新式手法拍案叫绝。一九二一年，D. H. 劳伦斯表示梅尔维尔是“未来主义尚未出现之前的未来学家”。而他的大白鲸亦持续在今日的文学海洋之中激起阵阵涟漪。

一九〇二年

《黑暗的心》

约瑟夫·康拉德

约瑟夫·康拉德还是小男孩时，就梦想着探索未知的国度。地图上的留白之处充满可能性。他指着非洲大片的神秘领域，发誓有朝一日必要亲临旅行。几十年后，康拉德实践誓言。一八九〇年八月，三十二岁的他驾船驶入刚果河，往史丹利瀑布而去，他在回忆录《个人记录》(*A Personal Record*) 中如此描述，该处是“地貌壮丽多变的地球上最神秘的处女地”。

康拉德搭着烧木材前进的蒸汽船“比利时国王”号，沿着弯曲的河流航行。他本来打算虚报他是非洲一家比利时贸易公司的船长，但抵达时却发现他的船已经彻底坏掉，无法修复。于是就在等待另一艘船的接泊期间，他加入“比利时国王”号先行探测非洲的水路，这艘轰轰作响的小船往偏远目的地而去，一路上只遇到过几座村庄和几艘船。每天早上都白雾环绕，浓得令人看不见黑浊的河水和草木苍郁的河岸。他们抵达史丹利瀑布，并且接走乔治-安东万·克莱因，这个人和康拉德同属一家公司。这时，“比利时国王”号的船长生病，康拉德于是接管了指挥权。但在回程上克莱因却因痢疾死亡。结果，这次的探险变成康拉德在非洲大陆唯一一次的船长经验。

康拉德本来签了在刚果工作的三年合约，却因为一位吝啬的经理使得他冒险的梦想泡汤了。卡米耶·德尔科米纳和康拉德打从第一次见面就互看不顺眼。康拉德在一封给朋友的信里抱怨："这位经理是个利欲熏心的象牙商贩，他以为自己是商人，实际上只是一位非洲的小店员。他叫作德尔科米纳，很讨厌英国人，而且把我也看作英国人①。"康拉德有双黑色的大眼睛，表情丰富，所有情绪都写在脸上，因此他对比利时经理的敌意必定是清楚地表现出来了。可惜的是，这代表他将失去在非洲当船长的机会。在"比利时国王"号之旅后，他被安排去做下层的工作，例如搬运象牙和监控山林管理。十月时他得了严重的痢疾，后来于一八九一年一月回到伦敦。

康拉德不再着迷于到非洲工作，但在先前漫长的等待中，他的想象力被点燃了。将近十年后的某一天，他又登上另一艘蒸汽船，不过这次他是在纸页之间航行，并且确实掌控大权，用笔描绘出虚构的航海路线。

他曾经数次绕行全世界，直到三十六岁才离开大海，全职专心写作。刚开始，他把几个短篇故事和一些小说卖给不同的出版社，后来才固定和《布莱克伍德杂志》(*Blackwood's Magazine*) 合作。该杂志社认为康拉德很有潜力，允许他自由创作，并不太干涉他。《布莱克伍德杂志》发表了他的一些作

① 康拉德是波兰人，于一八八六年加入英国籍。

品，其中包括在一八九九年二月到四月其间连载他的刚果故事《黑暗的心》。而《黑暗的心》于一九〇二年出版，收录于《青春：一段记叙文和两则故事》(*Youth: A Narrative, and Two Other Stories*）这本书里出版。

为了写这个中篇小说，康拉德又回到了刚果河岸。他在《青春》的《作者的话》中告诉读者，他写《黑暗的心》时“极少远离事实”。他所描述的山河大地都是根据他在非洲时所写的日记。他也把真实人物都写入小说，包括那名可恶的经理和生病的克莱因——他的德文姓氏（Klein）意为“小”，在小说里则变成库尔茨（Kurtz），德文中有“矮”的意思。

不过这本小说并非只是叙述康拉德溯河而上的旅程。他稍微更动了事实，将一段平静祥和的旅行改成充满冲突的冒险之旅。《黑暗的心》出版之初并未受到重视，直到一九一四年他发表了《机缘》(*Chance*)，并且成了畅销书作者后，《黑暗的心》才卷土重来。然而，多年来，随着一批批的读者蜂拥着探索刚果深处，《黑暗的心》也逐渐变成康拉德最受欢迎的作品之一。

一九〇三年

《野性的呼唤》

杰克·伦敦

一八九七年八月，杰克·伦敦停下来研究奇尔库特山口。群山耸立在面前，那条从阿拉斯加通往加拿大英属哥伦比亚省的山道是出了名的瞬息万变、高深莫测。伦敦和同伴谢泼德上尉步行了一百英里，穿过荒野，往那道山口而去。在那些白雪皑皑的山峰下藏有大量的黄金，只要能活着走到克朗代克河，黄金唾手可得。

二十一岁的伦敦是旧金山人，从小到大都在和贫穷搏斗，现在他迫切地想致富，不过，除去金钱因素，他同时也是来冒险的。谢泼德是伦敦的姐夫，负责两人的所有旅费，甚至抵押房子借贷以凑足足够的资金。他的年纪比伦敦大了二十几岁，他在抵达奇尔库特山口时和许多旅客一样，在这里决定打道回府。伦敦则继续勇往直前。他翻过山口，造了两艘船，划过一座湖，后来还差一点溺死在滚滚湍流之中。冬天来临，他被迫和一些人躲在废弃的木屋中过冬。一等白雪开始融化，立刻沿着育空河划到了道森市，加入一大群已经建好营地的矿工。

道森市的街道和他想象的不一样，并非由黄金铺成。它是个落后的城市，将近五千名男性在此求生存。许多人在当地赌场输掉了所剩不多的资金。而大部分的黄金都已被人挖走。伦敦并没有找到金块，但他的确中了大奖，这个奖超越所有从地底挖出来的金银铜铁。因为他热衷淘金，才得以有机会沉浸在周遭险峻的大自然中，身边满是野心勃勃的男人和他们忠心的宠物。

伦敦在马歇尔和路易斯·庞德夫妇的木屋旁边扎营。他在长途跋涉后，整个人和镇上的矿工一样邋遢。庞德先生回忆当时的情况："他一脸杂乱的胡须，戴着帽子，将帽檐拉低，几乎遮住眼睛……看起来很野蛮，我们立刻产生了戒心，他大概也看我们不顺眼吧。"庞德夫妇有两只狗，其中一只叫杰克，是圣伯纳犬和苏格兰牧羊犬的混种，温驯而高贵。伦敦很快就和这只好邻居变成朋友，也从不像其他人那般对大狗恶言恶语。庞德先生说："我认为他对那只狗的付出比我们更多，他愿意花时间了解杰克。伦敦目光敏锐，能轻易看出别人的优点和特质，这不只是对人，对狗也是一样。"伦敦虽然在道森市只待了六个星期，但永远忘不了那只叫作杰克的大狗。

他双手空空地回到旧金山，不过已经下定决心要成为作家。他每晚只睡三个小时，每天至少写一千字的文稿。他苦读自学，以模仿他文学上的偶像鲁德亚德·吉卜林（Rudyard Kipling）的作品来磨炼笔锋，他努力学习如何创作伟大的小说。但这样的努力并没有得到回报，反而使他萌生了自杀的念头——他破产了，也少有作品发表面市，这迫使他开始寻找工资低廉的工作。

就在最艰难的时刻，他收到一封信。《黑猫》(*The Black Cat*）杂志希望出版他的一个诉说早年艰苦的冒险故事。“于是我一个字一个字地被文学救起，《黑猫》杂志上的故事帮助我脱离困苦的生活。”这个故事驱使他振笔疾书，很快地，根据淘金期的经历所写的文章纷纷出现在东西两岸的刊物上。他终于翻越过文学界的奇尔库特山口，风尘仆仆地爬上看似不可能征服的高峰。

不过，他并没有因为初尝成功的滋味而松懈。他接着发表了几本短篇故事集和两本小说，然后，他收到麦克米伦(Macmillan）出版社的乔治·布雷特的合作邀请函。布雷特希望以每本一百五十美元的价格签下他的六本书，并分别于两年内交稿。伦敦交出两本已经完成的稿子，一本是描述他在伦敦东区几个月生活的回忆录，另一本是他和安娜·斯特伦斯基合写的书信体小说。合约上，表明由伦敦可自行决定第三本书的题材。

当时伦敦大部分的作品主题都集中在加拿大的岁月，但这份合约让他有能力进入全新的领域探险。他说：“我想要摆脱克朗代克河。”不过，他一坐下来写作，又不知不觉地被拉回到北方。他一步步地回到道森市，牵走了杰克，让它在纸页之间活了过来。小说以巴克的观点书写——它是和杰克一样聪明的混种狗。它在加利福尼亚州被人偷走卖掉，历尽沧桑后终于回归阿拉斯加的荒野。《野性的呼唤》捕捉了伦敦在克朗代克河淘金时期所看到那变化多端、美丽雄伟的大自然。他后来全心投入这则动物冒险故事，并且只花了三个星期就完成。

一九二四年

《魔山》

托马斯·曼

“森林疗养院”坐落在阿尔卑斯山上超过五千英尺的高处，在如此高的地方，病患便拥有清爽宜人的空气和令人屏息的美景。一九一二年三月，卡蒂娅·曼因为肺部感染，医生嘱咐她到气候适当的地区养病，于是她从德国慕尼黑来到瑞士的达沃斯，住进这家高档的疗养院。她在住院的六个月中经常写信给丈夫托马斯。她信里所描述的院所是个荒诞可笑的诡异世界。托马斯于五月中上山探视妻子，并且住了四个星期，而他也对那个怪异的地方深深着迷。

当时托马斯若是听从了医生的建议，就必须和妻子一样住上六个月。他在山上的期间咳得很厉害，医生诊断他得了严重的传染病，但他认为诊断太过草率。这位三十七岁的作家拒绝医生的建议，认为他们只是想赚钱，便不以为意地回到慕尼黑，但他没有忘记那所疗养院。隔年七月，他提笔将那里的医疗氛围带进小说中，让它活了过来。

这不是托马斯第一次在旅程中受到启发。一九一一年夏天，他和妻子到威尼斯旅行，结果这段假期给予他们的不只是休闲放松而已。在他们住宿的饭店里，一位客人给了作家写作的灵感。他妻子回忆道："我们抵达的第一天，在餐厅里看到那个光鲜亮丽的家庭，他们就像我丈夫小说里所描述的一样：女孩的穿着保守朴实，而那位漂亮迷人的男孩——大约十三岁——穿着水手装，领子敞开，还有相当漂亮的饰边。他立刻就吸引住我先生的目光。"托马斯一回到家就开始创作，描述一名男子迷恋着一个男孩、甚至无法自拔的故事，而男孩就是以饭店那个小孩为原型。

一九一二年末，《死于威尼斯》(*Death in Venice*) 在德国文学杂志《新评论》(*Die Neue Rundschau*) 分两期连载，书则在一九一三年十月发表。小说在文坛深获好评，但托马斯并没有沉溺于成功的喜悦太久。一九一三年七月，他决定写本关于死亡的喜剧小说，他刻意和前一本灰暗的威尼斯故事区别开来，而"森林疗养院"就是探索道德的讽刺小说最完美的场景。

刚开始，新作品完全遵照一天一页的进度创作。托马斯严格地自我要求，每天早上写稿三个小时。但一九一四年第一次世界大战爆发，托马斯再也无法专注在小说上，他将注意力转向政治评论，小说的创作就搁置下来。第一次世界大战持续到一九一八年才结束，超出了大家的预期，而托马斯也开始在当时的政治气氛下重新思考他的作品。他要把小说的时间设定在大战发生的前几年。好多年过去，书稿越来越厚，超出一般小说的规模。他在创作途中做了一些研究，以确定书中的医学知识是正确的。他去照手部X光片，并且开了两次刀，以便取得第一手资料。小说完成时已经是一千页的长篇巨作。它分成上下两册，于一九二四年出版，虽然有些书评对于它的长度有意见，但也有些评论家认同它不朽的文学价值。

一九四三年

《小王子》

圣·埃克苏佩里

安托万·圣·埃克苏佩里正在飞机上打盹，驾驶员勒内·里盖勒突然大喊："可恶！这次该换活塞杆了。"他们两人一组，驾着邮务机飞越撒哈拉沙漠。由于飞机经常在非洲上空失事，所以他们两人同行，以提高包裹安全抵达目的地的机会。飞机已经离开沙漠，来到海洋上空，这里的空气凉爽许多。圣·埃克苏佩里虽然昏昏欲睡，仍然有能力分辨在海洋上空飞行是个危险的决定，因为这样一来，若是出事，飞机会坠落海中、沉入海底。但他还来不及发表意见活塞杆就坏掉了。他们立刻顺着抛物线平稳下降，不过里盖勒还是设法让飞机朝陆地飞去。最后飞机砰地坠落在沙漠上，然后开始在沙丘上弹跳，机体一件件崩落，先是轮子，然后是一侧的机翼，接着机头插进沙里，飞机终于停下来了。

里盖勒确定两个人都安然无事后，大叫："领航员就是这样引导船只通过险境的！"他们很快就被同事发现，但那架飞机只剩一个空位，于是圣·埃克苏佩里独自留在沙漠等待救援。这位年轻的飞行员并不害怕孤单，反而沉浸在绵延起伏、没有尽头的沙丘中。其后，他如此记录那个下午：“对撒哈拉沙漠的爱就像爱情本身，只能感受，永远无法用言语表达。一见钟情后，你便与被夕阳镀上金光的沙漠开始一段说不出的紧密关系。”从此圣·埃克苏佩里对那片沙漠的爱慕未曾消散，永远浓烈炽热，而这次的飞机失事也没有吓到他——这只是开端。

多年后，圣·埃克苏佩里又回到那次的坠机地点，但这次是在《小王子》的纸页之间旧地重游。首先，他在一九四〇年法德签订停战协议后逃到美国。一九四二年六月，他在纽约定居。当时他已是畅销书作家，以几次死里逃生的经验和其他空中冒险故事闻名于世。

他的美国出版商的妻子伊丽莎白·雷纳尔建议他利用空当尝试新题材。他思索着，也许可以试着写关于一名小王子的童书，他一直在书稿、信件和零碎的纸张上涂绘这个小孩。目前没有资料显示小王子是何时跳进圣·埃克苏佩里的想象中，但他画这位王室成员已经好多年了。伊丽莎白的建议启发了他，于是他跑去第八大道的杂货店买了一组水彩画具，开始工作。整个六月，他每晚都又写又画到半夜。接着，曼哈顿的七月变得很热，他请妻子孔苏埃洛寻找避暑住处，好安心地继续写作。孔苏埃洛在长岛找到一间公寓，虽然豪华公寓大大超出圣·埃克苏佩里的需要，却给了他机会逃离都市，也就是在这个地方，他完成了书稿。

在《小王子》里，有一名飞行员在撒哈拉沙漠坠机，他和圣·埃克苏佩里本人的遭遇一模一样。圣·埃克苏佩里当时独自留在沙漠，细细感受周遭的大地，并且感觉到一股魔力。在书里，他将这股神奇的魔力归于拜访地球、来自外星的小王子。作者将许多的飞行经历——包括坠机和沿岸飞行——都活灵活现地写进了小说。他写道："我对这个世界一无所知，对黑夜的降临也充满好奇。"他曾经翱翔在浩瀚的美丽夜空，并且心生敬畏，所以他会决定让小王子住在星群里的一颗小行星上，并不令人感到意外。

作者第一次单独待在撒哈拉的时候就爱上了沙漠，不过他在最出名的那一次坠机事件中，几乎在那片土地上丧生，而这次的经历从此改变了他，也激发出《小王子》的第二个角色。一九三五年十二月，他尝试打破巴黎到西贡的飞行时间纪录。算命家曾警告他这趟行程将带来不幸，而结果也证明他所言不假。圣·埃克苏佩里和领航员安德烈·普雷沃坠落在利比亚沙漠。不过，沙漠底下的黑色小圆石像滚珠般让飞机得以滑行一段，才一头栽进沙里，减低了撞击力，而驾驶员能死里逃生或许也是小圆石的功劳。

三天后，因为饥饿和严重缺水，作者产生一连串的幻觉，其中有个幻觉是这样的：妻子的双眸从帽檐下望了出来。为了获取食物，他在沙漠动物（例如大耳小狐）的洞穴外设陷阱。他跟踪一只大耳小狐的脚印来到兽穴外，并且幻想有只动物蹲在里面，于是他趴下去说："狐狸，我的小狐狸，我累坏了，但这无论如何也不会让我对你失去兴趣。"四天后，他和领航员终于获救。于是在作者的插画本里便出现一只沙漠狐狸，它说服小王子相信他星球上的玫瑰花是独一无二的。而这个睿智的角色，非常可能是作者在沙漠对想象中的大耳小狐胡言乱语时受到的启发。

一年后，《小王子》出版，作者当时才刚过四十四岁的生日没多久。在一趟飞越纳粹占领的法国领空之旅时，他又坠机了，但这是最后一次坠机。他死得离奇，几十年后才有人在马赛沿海发现他的飞机残骸。不久，一位德国飞行员霍斯特·里佩特坦承在第二次世界大战期间击落圣·埃克苏佩里的飞机。当时，他们皆为发过誓的军人，且各为其主，但里佩特在诉说他发现他杀了圣·埃克苏佩里的时候，还是难过地流下了眼泪，他向来尊敬这位伟大的飞行员兼作家。

一九五七年

《在路上》

杰克·凯鲁亚克

一九四七年七月，二十五岁的杰克·凯鲁亚克站在纽约扬克斯市的路边，对着迎面而来的车辆竖起大拇指。一辆车放慢速度，停下来载这位年轻作家，他的蓝色眼睛闪着兴奋的光芒。他第一次横跨美国之旅开始了，遥远的西岸充满冒险与可能性。他计划先到丹佛，再前往目的地旧金山。但事与愿违。他一抵达西行的六号公路，拦到的唯一一辆车就将他往北载到了纽约上州。虽然旅费有限，他也只好花钱坐巴士到芝加哥。他一下巴士又立刻回到路边，寻找陌生人赞助他的跨州之旅。

凯鲁亚克在丹佛和好朋友尼尔·卡萨迪会合。他和这位魅力十足的流浪汉是去年十月在纽约认识的。卡萨迪充满活力，像磁铁般吸引着渴望尽情体验人生的凯鲁亚克。而他也在短时间内发现，卡萨迪身陷复杂的三角关系。卡萨迪偶尔和艾伦·金斯堡幽会，而其妻子卢安娜也在附近一间旅馆房间等着他。同时，他也追求丹佛大学的研究生卡洛琳·鲁滨逊。卡萨迪在一场场情欲邀约中奔波，得空就去找前来拜访他的朋友。凯鲁亚克融入了他的社交圈，浅尝毒品、上弹子房，最后跟着他们踏入爵士酒吧。他待了一阵子后离开那个团体，搭巴士前往旧金山。卡萨迪和金斯堡则往南拜访在得克萨斯州的威廉·巴勒斯。

凯鲁亚克离开旧金山后，来到加利福尼亚州西部的奥克兰和西南部的洛杉矶，最后在同年十一月迈向回东岸的长途旅程。他第二次的西行是在一九四九年一月，坐着卡萨迪驾驶的哈德森·大黄蜂车，以令人畏惧的速度在高速公路上狂飙。在跨州冒险以及一九五〇年的墨西哥之旅期间，凯鲁亚克总是仔细地记录、整理他的游历。他持续写日记，疾笔记下所见所闻，打算以后写进小说里。

他起先把旅行化作文字时相当不顺，经历多次错误的尝试。接着，一九五〇年十二月，他收到卡萨迪的长信。卡萨迪在信里概述自己的性事功绩，并且提到一名叫琼的女人以及他们之间的爱情。不过，最重要的不是内容，而是文风。琼·安德森之信（他后来都如此称呼这封信）自由奔放，想到什么就写什么。凯鲁亚克在读这沓信件时突然领悟到该如何开展他的小说。一九六七年，他在《巴黎评论》的专访中提到："《在路上》自然且随心所欲的文体是我看到尼尔·卡萨迪写给我的信后被启发的，他写得太精彩了，从头到尾都以第一人称叙事，利落、狂野、坦承，而且相当真挚，信里满是翔实的细节和真实的姓名——毕竟这是书信嘛……'琼·安德森之信'是我读过最精彩的信件。"他再次坐下来书写，而在完稿之前他几乎很少离开座位。

一九五一年四月，这名每餐几乎只喝汤和咖啡的作者完成了《在路上》大部分的书稿。他先将描图纸黏成一幅长卷，如此就不需要为打字机换纸。他不眠不休地写了二十天后，被他的妻子琼赶出家门。他带着打字机和已完成的书稿，到朋友卢西恩·卡尔家借住。他并未受到夫妻失和的影响，很快就写完小说，此时的书稿已长达一百二十英尺。

在生产力旺盛的这段期间，作者虽然不断翻阅日记和笔记，不过也因为持续疯狂写作，小说里处处可见"随心所欲文体"的痕迹。校稿后，只有一个部分被修改，但这并非作者的意思，而是受到外力影响——卡尔的长耳猎犬咬烂了几张书稿，于是他重写补上，然后开始寻找出版社。

凯鲁亚克先将长卷书稿交给罗伯特·吉鲁，他曾于一九四九年编辑过作者的第一本小说《镇与城》(*The Town and the City*)。吉鲁并未像凯鲁亚克所希望的那般，急切地抢走他手中的书稿。他反而得以一般纸张重打书稿，然后交给哈考特与布雷斯出版社（Harcourt，Brace）审稿。吉鲁随后退稿，而事后证明，这不过是多次退稿的开端。这部结构散漫的小说并不符合编辑的商业胃口。

终于，《在路上》完成的五年多后，维京出版社（Viking）的马尔科姆·考利向凯鲁亚克表示有意出版此书，不过有一点需要再讨论。作者将旅途中所遇到的人士都以真实姓名写入小说中，这在出版上会造成法律争议。不过这只是个小问题，凯鲁亚克更改角色姓名后，考利买下了这本书的版权。

《在路上》于一九五七年九月发表上市。《纽约时报》的一则书评赞赏这本小说："到目前为止，该书是为'垮掉的一代①'发声最重要的作品。'垮掉的一代'是凯鲁亚克于一九四八年前后提出的名称，而他本人也是最主要的代表人物……《在路上》是本一流的小说。"其他书评也加入锦上添花的阵容，推波助澜地将原本在文学界默默无闻的凯鲁亚克瞬间推上"垮掉的一代"代言人的宝座。

---

① Beat Generation，泛指"二战"后美国的年轻诗人及作家，亦被视为后现代主义中相当重要的一个分支。

在工作与创作之间

还没站起身活过就坐下来写作，必然贫乏无力。

——梭罗，一八五一年，笔记

如果有人告诉你，不要为了写作而辞掉工作，千万别觉得自己被泼了冷水。你应该谨慎思考这个建议。如果你懂得如何寻找灵感，那么两周一次的薪资支票提供的就不只是温饱而已。达希尔·哈米特当私家侦探时，在飞车追逐和械斗之中找到灵感；斯坦贝克在加利福尼亚州偏远的牧场当助手，碰巧得到一个构想；而肯·凯西参与精神药物实验，灵感翩然而至。这些可能和你在办公室的寻常工作不同，但都是作家赖以维生的工作。有些作家是在当职中写稿，有些则是等到时机成熟时才动笔。虽然这些工作相当辛苦，但很值得。若是没有它们，作家可能不会成为文学界的传奇人物。

一九〇八年

《绿山墙的安妮》

L. M. 蒙哥马利

露西·莫德·蒙哥马利浏览着被翻得破烂的笔记本。她从小就会把想到的故事记录下来，现在她想从中找出被遗忘的美丽宝石做题材，写写主日学校报纸上的连载小说。三十岁的蒙哥马利扫视过每一行字，但都没找到适合的，最后目光落在几年前的一段记事："年老的夫妇向孤儿院申请领养一个男孩，但对方搞错了，送来一个女孩。"这段文字引出了她的想象力。这太适合她的写作计划了。

这短短的记录来自于她十七岁时的一个事件。她的表哥皮尔斯·麦克尼尔和农夫友人计划领养两个男孩，却在当地火车站意外发现，走下火车的是一个三岁女孩和她五岁的哥哥。但错误已经发生，麦克尼尔答应接受这名小女孩，并且帮她取了一个新名字：埃伦。她后来在加拿大卡文迪什的一个农场长大，那里距离蒙哥马利家并不远。作者复制了这个领养乌龙事件的开端，让小说里十一岁的女主角安妮上场。她被一对老兄妹领养，但他们原本是想要一个男孩来帮忙农活。不过，作者坚决否认埃伦和小说里的红发孤儿有任何关联。

作者极力守护她的角色，表示安妮是她一个人创作出来的。她在日记里写道："这个虚构出来的女孩'在我的想象中闪现'时已经有名字了，而且很确定是安妮（Anne），有个很重要的e。"自安妮闯进她想象中的那一刻起，这女孩就明显和蒙哥马利以前所想象的女孩不一样。几年前，作者写了一本小说《金色的卡萝尔》（*A Golden Carol*），书中的女主角是位甜美的年轻女子。这本小说不断被出版社退稿，作者后来决定放弃，并且把书稿烧掉。不久后，她发现她的女主角太过平淡，于是决定创作出完全不一样的安妮。这个新主角喜爱幻想、勇敢、风趣又可爱，不过作者很快就发现她似乎又太特别，不适合短篇的连载小说。也因此，蒙哥马利在一九〇五年的春天，坐在小阁楼的窗边俯视着新绽放的花朵和嫩草时，打算再写一本小说。

她在书房里挂着一张从杂志上撕下来的模特儿照片。照片里的十几岁女孩歪着头望着远方，使得笔挺的鼻子和小巧精致的嘴唇更加突出显眼。两大朵菊花绑在她额侧的丝带上，就像从另一个国度飞来的小仙女。这位加拿大作家经常看着照片，想着这名模特儿是否明白自己在她创作安妮过程中扮演多么重要的角色。作者是在《都市人杂志》（*Metropolitan*）看到这张照片的。这名年轻女子叫作伊芙琳·内斯比特，是个红发美女，也是二十世纪初的名模之一，她后来成为绿色庄园的安妮的化身。

作者在一九〇六年一月完成小说，距离她翻阅旧日记几乎过了一年，她拿出二手打字机将手稿打出来。但这台老机器却只能打大写英文字母，而且W一直出不来，但蒙哥马利继续打，最后才完成一叠整齐干净的书稿，可以寄给出版社。她把书稿寄给几家出版社，但被连续退稿五次。最后，她把书稿收进一个旧帽盒里，放到视线以外的地方。

她对前一本小说的失败必定相当灰心，但这次她却没有难过到把《绿山墙的安妮》烧掉，反而决定找个时间修改小说，改回她原本计划的连载小说规模。又过了不到一年，蒙哥马利拉出帽盒，坐下来将书稿从头到尾读了一遍，她发现她再次被安妮的世界深深吸引。她思考着："经过这么长的时间，这本小说仍然打动了我，或许它值得再寄给出版社试试看。"她把书稿包好，寄到波士顿的佩奇出版社（L. C. Page and Company），没多久，蒙哥马利便又在日记上加了一条记事，纪念出版社终于接受了她的小说。

一九一一年

《歌剧魅影》

卡斯顿·勒胡

一八八九年，卡斯顿·勒胡自法律系毕业，并立志要成为巴黎的名律师。但没多久，他就发现这个决定真是大错特错。他痛恨律师这份职业，并且立刻辞掉了这第一份工作。当时，他没有别的专长，也不知道该做什么，但他父亲过世，留给他将近一百万法郎的遗产，从此他不再需要为生活劳碌了。勒胡毫无心理准备，不知道如何处置这一大笔钱，于是流水般地把钱都花在喝酒和赌博上，而不是存入银行。不到六个月，遗产完全蒸发消失。他现在必须找工作了，但他选择了完全不同的跑道，成为一名记者。

记者的工作相当适合他。他很高兴地去追踪每一篇报道，不眠不休、努力工作、发掘真相。在这个领域，他的法律学位大有用处。他在《巴黎回声报》(*L'Echo de Paris*) 负责报道法院新闻，有一次，他的采访报道甚至帮助了被告洗刷冤屈。后来，他离开法院，跨出法国边境，采访国际新闻，最远甚至抵达俄国，并且目睹了一九〇五年的革命。他也为当地剧院编写剧本。就是一次巴黎歌剧院的参观之旅，催生了小说《歌剧魅影》。

一八五八年，拿破仑三世被暗杀集团攻击，险些丧命。杀手在他的目的地，也就是某家歌剧院外的窄巷中动手，他们丢了几颗炸弹到他的座车底下。拿破仑逃过死劫，而且全身没有任何伤口，实在不可思议，他甚至进场观赏了当晚的歌剧。不过，他也下定决心不让暗杀重演，决定要盖一座新剧院。它将坐落在空旷之处，如此就没有敌人可以埋伏在阴暗的角落里，在他的行进路线上发动攻击。经过一场国际性的竞标后，由夏尔·加尼耶（Charles Garnier）赢得设计大剧院的尊荣，并于一八七五年完工开放。

巴黎歌剧院是栋宏伟壮阔的建筑，约莫十七层楼高，有道华丽的双色大理石楼梯。勒胡意识到，这座歌剧院绝对是理想的小说场景。它豪华气派，而且无论楼上或地下室都有许多隐蔽处，正好可让勒胡笔下诡异的主角来无影、去无踪。而且动工期间他们甚至在剧院底下还发现一处沼泽。勒胡将沼泽改成小说里的地下暗流，让魅影能在上面航行。一八九六年的一场悲剧也加进了小说中。当时歌剧院上方挂着一具大吊灯，而在演出时，其中一个吊饰掉落下来，砸死一位观众。在小说里，同样也让吊灯掉进观众席中。

勒胡于一九〇〇年初辞掉记者的工作，转向小说领域发展。他写了几本小说，其中包括两本大受欢迎的推理作品，之后动手刻画巴黎歌剧院里的鬼故事。《歌剧魅影》于一九〇九年到一九一〇年在法国《高卢报》（*Le Gaulois*）上连载。而书于一九一〇年由皮埃尔·拉菲特出版社（Pierre Lafitte and

Company）出版，隔年，美国鲍伯斯-梅瑞尔出版社（Bobbs-Merrill）发表了英文版本。《美国评论之论》（*American Review of Reviews*）给予这本小说很高的评价，它如此评论：“小说把所有‘鬼故事’迷吓得屏住气息、毛骨悚然，但读完后会觉得心满意足……颇有‘畅销书’之架势。”然而，正面书评不够多，并没将小说送上畅销书榜。

作者之前的书都卖得不错，这本小说却未受到重视。一直到一九二五年，它被改编成无声电影，由朗·钱尼主演，剧院中的魅影才吸引了全国的观众。几十年来，作者的鬼故事通过各式各样的媒介继续纠缠观众。一九八六年，安德鲁·劳埃德·韦伯的音乐剧《歌剧魅影》在伦敦首演。两年后，它来到纽约，并且成为百老汇有史以来演出时间最长的音乐剧。

一九二九年

《血腥的收获》

达希尔·哈米特

二十一岁的达希尔·哈米特在翻阅报纸时看到一则广告。他注意到广告的标语是“我们从不阖眼”。所谓的平克顿侦探①就像标语所透露的那般机警、观察力敏锐。他们以保护元首、揭发间谍及打击私人械斗扬名于世。这主题似乎非常适合哈米特，他很欣赏侦探工作的神秘与刚猛特质，于是便前往平克顿侦探社在巴尔的摩的办公室申请工作。

尽管他的病例报告据说在一场大火中被烧毁，但很显然他得在实战中好好锻炼自己的身手。哈米特的女儿乔回忆道：“（我）摸得到他头上的凹洞，那是他在跟踪别人时因行迹暴露、被人拿砖头敲的；还有，他也让我看过嵌在手掌上的刀尖。”但侦探的工作不只是打斗，还有更多要学的，而哈米特的确学会了一整套完整的技巧。

一位刚毅、健壮结实、工作能力又强的侦探成了哈米特的理想导师。詹姆斯·赖特在此领域工作多年，被磨炼成一名勇

① Allan Pinkerton，于一八五〇年美国建立最早的侦探机构，后人亦将侦探简称为“平克顿”。

敢坚决的侦探，很少有人可以欺瞒他。只要是哈米特必须知道的，他皆倾囊相授，包括高超的监视技巧和如何培养道德原则。哈米特相当珍惜这个学习机会，并且对赖特的教导之恩永志不忘。又过了许多年，他便以这位指导老师为原型创作出一位冷静且顽强的侦探角色。

哈米特在二十八九岁开始写小说。后来，他读到一本侦探小说选集，书里错误百出——真正的侦探才不会写出这样的侦探故事！于是，他知道自己可以创作一个精彩且错综复杂的故事。他不只是天生的写手，更有在平克顿工作的实务经验。所以他回到从前追踪匪类的暗黑巷道，并以赖特为模型，塑造出一个角色，他没给这个角色起名字，只简单地称他为“大陆侦探社无名探员”(Continental op)。

哈米特是个有条不紊的作家。他总是先在笔记本上写草稿，以数本笔记来开始一个故事，然后再用 Underwood 打字机打出终稿。他的写作进度很慢，不过一年内还是卖了十二个神秘故事给杂志社。一九二三年，他在《纵火疑云》(*Arson Plus*) 中将大陆侦探社无名探员介绍给了世人。这名短小精壮的探员相当坚韧，却不像同时代的人那般鲁莽、不顾后果。他认真地看待这份探员工作，全心全意追踪线索及歹徒，直到任务完成。这位无名探员拨动推理小说读者的心弦，他在几个短篇故事中担任主角，哈米特后来也决定以他为主角写一本书。

为了第一本小说，哈米特回到蒙大拿州的安纳康达，平克顿侦探社曾经派他去那里工作。蒙大拿州到处都是矿镇，当时在矿镇上经常发生集体斗殴事件，因此探员会被派去那里维持秩序，但整个矿区贪污猖獗，使得维持秩序变成不可能的任务。作者在一本被称作《毒药镇》的书里描写过那个龙蛇混杂的世界。故事中，无名探员来到一个原名帕森威（Personville）、却被居民谑称为“毒森威”(Poisonville）的地方。那是个罪恶之城，探员每拐一个弯都会遇上小偷或骗子。

“毒森威”在《黑面具》(*Black Mask*）上连载四期后，哈米特将书稿寄给阿尔弗雷德·A.克瑙夫。克瑙夫的妻子布兰奇接下书稿，并将之加入猎犬侦探小说书系，只要哈米特做几个关键性的修改。她要求大量删减暴力情节，哈米特也多半照做，他还更改了书名。作者将修改过的书稿交出去，另外附上了一张书名参考名单，而布兰奇挑选的是列在最后的《血腥的收获》。

一九三六年

《飘》

玛格丽特·米切尔

玛格丽特·米切尔躺在乔治亚州亚特兰大的小公寓里的床上，纳闷着自己是否从此都要撑着拐杖才能走路。她原是名积极活跃的记者，四处采访，追逐新鲜事，直到摔伤脚踝才放慢步伐。她的伤处引发令人痛苦的关节炎，迫使米切尔辞掉工作，在家里待了几乎三年，而阅读则成为她逃离拘禁生活的唯一方法。

她迫切地读，无论高雅或粗鄙、小说或历史小说，从侦探小说到罗曼史，什么都读。她体贴的丈夫约翰来来回回从图书馆抱回书本，直到有一天再也找不到可读的书，空手回家。他把一叠白纸递给米切尔，说："写本书吧。卡内基图书馆里的书除了科学论文，都被你读完了。"这个建议让人心动不已。阅读只能暂时抚慰关在公寓里的米切尔，但写小说却永远能带她逃离现实世界。没多久，翻书的声音变成约翰买给她的打字机发出的咔嗒声。她开始动手刻画几十年前的美国南方故事。她还在摇篮里吃奶时，那块土地已经是她生命的一部分。

米切尔在亚特兰大出生，是被南方故事喂养大的人。她回忆小时候在星期天下午拜访亲戚时，总是“坐在老兵瘦削的膝上，或是体积庞大的姑妈肥胖又滑溜的大腿上”。老一辈的人总谈论着战时艰困的求生经验，他们的故事牵引了她的想象力。米切尔最喜欢用来消磨时间的方式，就是聆听别人谈论大家都熟悉的事件——任何事都可以。

几年后，她成为《亚特兰大时事周日杂志》(*Atlanta Journal Sunday Magazine*）的记者，而且很快便爱上这份工作。她认为最棒的任务就是采访亚特兰大“年纪最大的居民”。她像以前访问家人那样，不断地问老人家问题，并且沉浸在他们的故事里。米切尔这样写道：“当时，我完全没有写书的想法。我只是很想知道这些事而已。”但她开始写作时，这些故事都派上用场了。她小时候和采访时所吸收的口述历史为这本描绘老南方的史诗巨作打下了根基。

她花了几年的时间才写完《飘》，如果她的人缘不要那么好，可能会提早完成。即使在脚伤复原后，她发现自己还是很难好好写作。她说：“我得在困难重重的状态下写作，举例来说，我的朋友很多，我也很爱他们，过去五年来，每天都有朋友因为生产、胆结石、车祸……等等状况住进医院。”她的公寓总是熙攘忙乱，日日夜夜电话一直响，或是朋友突然造访。

更糟的是，她没有属于自己的地方可以放心写作。她和约翰很穷，住在很小的公寓里，他们戏称它为“垃圾场”(the Dump)。米切尔经常在客厅写稿，不过她很保护创作中的作品。朋友来访时，她会用毛巾盖住打字机，专心招待客人。虽然社交生活干扰写作，但小说仍然缓慢地前进着。她一直写、再重写，然后把书稿存放在衣橱里。其实她很可能就这样年复一年不断修改，幸好，一位外地访客鼓励她，要给小说一个出版的机会。

一九三五年，编辑哈罗德·拉瑟姆来到亚特兰大，为麦克米伦出版社搜寻有前途的新作家。当时米切尔已经回到杂志社，她也是当地文坛的重要人物，于是拉瑟姆请她协助列出大有可为的作家名单。但拉瑟姆发现她自己藏有一份书稿，于是要求阅读，但米切尔认为它不够好，所以拒绝了。米切尔介绍的一位年轻作家意外听说她正在写小说，便说："说真的，我认为你不是那种能写出畅销书的人。你的生活态度不够认真，不可能成为小说家。"这位主观的女作家说，就连她的小说也被许多出版社看过、退稿。她建议米切尔停笔，不要再写下去。

米切尔被她激怒了，决定把尚未完成的书稿交给拉瑟姆，这样她至少还能开开玩笑说，她的小说也被退稿了。拉瑟姆必须买一个旅行箱来装这厚厚的稿子，但他的付出值回了票价。回到纽约没多久，他就出价买下了《飘》，因此米切尔并未收到退稿这样的消息。小说一上市立刻造成轰动，自从一九三六年六月出版上市，不到半年就卖出一百万本。米切尔对如此辉煌的成绩相当诧异，并且不知所措。一九三七年一月，她向西德尼·霍华德①抱怨："老天！我平静安详的生活去哪儿了？"

① Sidney Howard，美国剧作家兼编剧，亦是《飘》的电影版编剧。

一九三七年

《人鼠之间》

约翰·斯坦贝克

约翰·斯坦贝克抹去眉上的汗水，望着一望无际的原野。在大牧场上工作能让人筋疲力尽，但斯坦贝克喜欢这种劳力工作胜过在图书馆里埋头苦读。他原是斯坦福大学的学生，在仓促决定休学后，于加利福尼亚州斯普莱克斯的牧场找到一份临时工的工作。在那片土地上，不需要交报告，也没有交稿期限，他很喜欢这种截然不同的生活步调。

高大、黝黑、蓝眼的斯坦贝克外貌就像牛仔。而在此工作的期间，一位同事被开除，另一位智能有问题的工人因为失去朋友而变得极度焦虑。他在盛怒之下拿起干草叉刺入老板的肚子，杀了他。斯坦贝克目睹了整个过程，他回忆道："我们拦阻不了他，悲剧就这样发生了。"那名杀人犯被送进精神病院——这可能是斯坦贝克最后一次听到有关他的消息——但此事永远存留在他记忆中。

有几个月的时间，他从这个牧场换到另一个牧场，但成为作家的梦想依然强烈。他后来终于从野外回到书桌和一叠白纸前，并且重回学校修读英文和新闻写作。但他不是个称职的学生，无法专心于课业，也没有兴趣听课，所以从未毕业。他于一九二五年春天离开斯坦福大学，开始了打零工的生活，后来在一九二八年才安定下来，专注在写作上。但即使坐下来写作，他也没有完全脱离牧场的生活。他把加利福尼亚州的山河原野和辛苦工作的临时工经验都写进了小说中。

他于一九三五年回溯记忆中牧场上那名粗暴但无辜的杀人犯，写出《人鼠之间》，不过他更改了杀人细节和受害者的身份。这个故事发生在轻度智障者莱尼和他的朋友乔治身上，他们两个是流浪的临时工，一步步走向无奈且悲哀的命运。作者表明，莱尼是根据当年斯普莱克斯牧场上的杀人犯而写。至于乔治，可能是那位被开除的工人的翻版，也可能是作者在流浪期间所遇到的另一位工人，又或者纯粹是作者本人想象出来的人物。

他在写《人鼠之间》时搬进和妻子建在加利福尼亚州洛斯加托斯附近的新房子。新居坐落在两英亩的土地上，附近还有一个峡谷，作者开心地在乡野间定居下来，远离尘嚣，也避开了许多干扰。他是个相当自律的作家，每天清晨即起，写完规定的字数后才休息，不过有时他的进度会超前，尤其越接近故事的结尾，越是欲罢不能。

但作者的长毛猎犬做出一件事，意外地让《人鼠之间》的进度晚了两个月。那只小狗在夜深人静时咬烂了将近一半的书稿。惨不忍睹的稿子已无法辨识，他只好重写将近一半的小说。作者相当沮丧，但他了解小狗根本不知道自己闯下大祸，所以只是稍微处罚它，并没有大发脾气。

斯坦贝克不喜欢用打字机写作，而喜欢手写，然后再大声朗读并且录音。为什么要这么做，他是如此解释："我想试着朗读出来，但眼睛会让我分心，所以我录下来，然后一边听、一边修改稿子，如果你回头仔细聆听，通常能听出文章里最可怕的问题。"最重要的是去听《人鼠之间》的人物对话，作者希望这本小说能直接拿来当剧本。他听信别人的说法，相信小说这种文体即将消失，所以决定写部同时也能当剧本的小说，这样小说里的对话就会是演员的台词。

一九三七年二月，《人鼠之间》上市。此时，作者已出版了四本小说，但《人鼠之间》是他目前为止最成功的小说。它成为每月读书会书单上的书之一，在上市的第一个月每天可以卖出将近一千本。小说出版同年，百老汇的《人鼠之间》也上演，但因为必须重写部分内容以符合剧本的要求，斯坦贝克认为他小说剧本的构想失败了。他决定不出席首演，坚称："我很少看戏，对演员一无所知。"不过，由于这出音乐剧大获成功，并且上演了二〇七场，他虽未亲临现场，却请求出版商帕斯卡尔·科维西详细报告首演的每一个细节。

一九五三年

《皇家赌场》

伊恩·弗莱明

一九四一年五月，伊恩·弗莱明和英国海军情报局局长约翰·亨利·戈弗雷前往纽约执行任务。虽然这趟旅程单纯是为了工作，但因为在里斯本过夜，他们有些余裕从事消遣活动。他们住在华丽的皇宫饭店，弗莱明决定到饭店的赌场试试手气。他满怀希望地走进去，但一个子儿都没有赢。然而，虽然表面上弗莱明输钱，但像他这样的人绝不会让现实干扰天马行空的想象力。走出赌场时，弗莱明跟戈弗雷说："如果那些人都是德国特勤局特工，而我们赢光了他们的钱，情况可能会变得很有趣。"这简短的想法可说是弗莱明发给自己的一手好牌。

几年后，他坐下来写《皇家赌场》，将把詹姆斯·邦德放上法国一张赌桌前，让他在葡萄牙时脑中浮现的有趣情节于创作中永垂不朽。他提到小说中所发生的事件时，弗莱明如此解释："我是从战时记忆中提取出来的，把它们修饰一下，加上一位英雄、匪类和一位女主角，然后写出这本小说。"

一九三九年五月，戈弗雷雇用弗莱明当助理。弗莱明全心扮演好这个角色，每天加班到很晚，这样的投入是前所未有的。

虽然与他书中永远任务缠身的男主角不同，他大部分的时间都待在办公室，但弗莱明仍在第二次世界大战的谍战中扮演了重要角色。他曾经接到一项任务，必须策划一次奇袭，以获得敌军的重要情报。弗莱明总是提出一些“乍听之下绝不可能、反而比较适合拿来写小说”的主意，也因此声名在外。但戈弗雷并未对他的新助理失望，反而认为弗莱明的工作表现出色，尽管他的想法很怪（或许这正是他出色的原因）。弗莱明也负责一支小型的精英攻击部队 30AU，而部队的座右铭是“出奇制胜”。30AU 的成员能赤手空拳制服敌人，也能轻易破解密码。他们可说是真实世界中一整部队的詹姆斯·邦德。

弗莱明应该是在镜中找到男主角的原型。邦德与其创作者都是高大、黑发、蓝眼的英俊男子。弗莱明在海军工作期间从上尉爬升到行动指挥官，而这正是他授予邦德的军阶。

虽然现在“邦德——詹姆斯·邦德”这个句子带有一些神秘色彩，不过作者当初是故意挑选一个平易近人的名字的。作者认为，一个过度戏剧化的姓名对一位真正的情报员相当不利。某日，他正在写《皇家赌场》的时候抬头望着书架，浏览书脊，寻找适合的选项。他的目光停留在《西印度群岛鸟类指南》这本书上，它是鸟类学家詹姆斯·邦德的作品。这个名字朴实无华，而且又很常见，真是完美。

至于邦德的代码〇〇七，来源就更有趣了。第一次世界大战时，英国海军拦截到德国的一封加密电报，内容是德国提议和墨西哥结成对抗美国的军事联盟。美国政府得知这封后来被称为齐默尔曼电报（Zimmermann Telegram）的讯息时，相当愤怒，没多久就向德国宣战。而这封电报的代码是〇〇七五。等到弗莱明于第二次世界大战加入海军时，这几个号码已成为情报语言的一部分。弗莱明回忆道："我在战时待在海军部大楼，所有高度机密的代码都是以两个〇来开头……于是我决定借用它作为邦德的代码，让他的工作更引人遐想，并且表示他握有生杀大权。"

一九五二年初，弗莱明带着未婚妻安（Ann）开始一年一度、为期两个月的假期，当时他正在写《皇家赌场》（第一本詹姆斯·邦德小说）。他经常待在牙买加一栋海边被称作"黄金眼"（Goldeneye）的小屋，这是他以第二次世界大战时期的一个任务来命名的。弗莱明经常说这本小说干扰了他和准新娘的相处，但这很可能是安的无奈心声。然而，他似乎期待这样一个机会很长一段时间了。他一坐下来写作笔锋便像闪电般移动，每天都能写两千字。他早上工作三个小时，晚上立刻修改当天的稿子。

他下笔如此飞快，可能是因为他在初稿时并不在意细节。弗莱明后来在写给朋友伊万·布赖斯的信中提到："千万不要花时间雕琢字句，只要初稿出来，你就可以尽情地涂改、修正和润饰。因此不要因为初稿有点粗糙而忧心，所有初稿都是如此。"不到一个月，弗莱明就完成了《皇家赌场》，虽然它还有些粗糙。一个星期后，他和新娘步入婚姻殿堂，举办了一场幸福甜美的小型婚礼。

同年，英国出版商乔纳森·凯普心不甘情不愿地收下弗莱明的第一本小说，他觉得这份书稿还需要大修特修。凯普也有帮弗莱明热爱冒险的哥哥彼得出版旅行回忆录。提及《皇家赌场》，凯普是这样说的："（弗莱明的作品）前途光明，但他必须先达到像彼得那样的水准。"但这位出版商很快就明白这本赌场谍报冒险小说可谓是文学界的一座金矿。小说于一九五三年四月出版后，很快就再版，几个月后，凯普得意地说："伊恩·弗莱明的《皇家赌场》在书店里每六分半钟就售出一本！"

一九六二年

《飞越疯人院》

肯·凯西

肯·凯西在加利福尼亚州门罗帕克的退伍军人医院里上晚班。他负责照管精神科病房，但深夜，除了固定巡视和清扫地板，他几乎无事可做。这份工作很无趣，但凯西偷偷地将它变成可供他在幻觉中获取灵感的机会。他值班时都会服用迷幻药，然后看着这条消毒过的走廊活了起来。

他只要在晚班护士过来巡视病人时戴上清醒的面具就行了。之后，他就能在迷幻药的作用下自由自在地探索这家医院。迷幻药让凯西明白，他所照管的病人并不一定都是疯子。凯西大约二十五六岁，是斯坦福大学文学创意写作班的研究生，入学没多久，他就着手创作《飞越疯人院》——一个根据精神科病房的工作经历而写的故事。

有一次，在值班时，八株仙人掌引领这位年轻作家经历了一场类似神灵显现的体验。他回忆道："我正在仙人掌上翱翔，整个人相当兴奋，结果这名印第安人就来找我了。"凯西抽出几张纸，以那位在幻觉中遇见的印第安人酋长布隆登的观点，写出小说开场。凯西后来决定以布隆登的观点来书写整本小说。

一九九二年到一九九三年之间的一篇《巴黎评论》专访中，凯西说他发现在迷幻药的影响下很难写作。他提到：“就像潜入海里看珊瑚礁一样，除非先回到船上，否则无法写下所看到的一景一物。”但这次仙人掌之旅却是个少见的例外，他灵感涌现，并且重新定义了第一本小说的叙事观点。

在申请精神科病房的工作之前，他已经是这家门罗帕克退伍军人医院的固定常客。凯西于一九五八年从俄勒冈州来到帕罗奥多就读斯坦福大学。他和妻子菲一同搬进佩里巷的一间小屋里，在作家、学者和知识分子中间穿梭。主修心理学的维克·拉维尔是凯西的邻居，他们后来也变成好朋友。一九六〇年，拉维尔建议凯西加入 MK-Ultra 计划，此计划由政府赞助，在退伍军人医院进行一连串实验。计划期间，志愿者需要服用各式各样的药物，并且向医生描述服药后的感觉和经历。

凯西需要钱，不过同时也很好奇迷幻药对他的大脑会产生什么影响。没过多久，他每个星期都走进医院参加 MK-Ultra 计划，在白色房间里仰头吞下药丸，然后等着药效发作。他每天赚取七十五美元，但这份兼职带给他的不只是薪水支票，也导致他和迷幻药产生一生都分隔不开的关系。

实验计划结束后，凯西继续自行实验。他进入医院上晚班，值班时会拿到一串钥匙，可以开启大楼的许多扇门——包括之前参与 MK-Ultra 计划的医生的办公室，而他的办公桌里存放着药物。凯西在家里和上晚班时都自行服用大量的迷幻药。

凯西在十个月内完成小说，并于一九六一年六月将手稿交给了马尔科姆·考利，这位编辑时常对初出茅庐的作家伸出援手，助他们登入文学殿堂。四年前，考利也说服他所任职的维京出版社买下一位大有可为的作家相当有突破性的小说：杰克·凯鲁亚克的《在路上》。考利独具慧眼，他同时也在斯坦福大学教授创意写作课，并且发掘新作家。凯西是他的明星学生之一，而《飞越疯人院》尚未完稿时就已经在班上造成轰动。考利拿到他迫切渴望的完整书稿后，维京出版社立刻买下凯西的第一本小说。《飞越疯人院》于一九六二年二月出版，大受欢迎，这次决定性的成功使这位二十六岁的作者成了文学名人。

一九六三年

《钟形罩》

西尔维娅·普拉斯

时值四月底，普拉斯翘首盼望的电报终于送到。电报上如是说：“很高兴通知您获选成为一九五三年《小姐杂志》（*Medemoiselle*）的特约编辑。”这次竞赛吸引很多人报名参加，竞争相当激烈，而且只有少数几位年轻女子入选，奖品就是到纽约的《小姐杂志》当实习生一个月。如此机会正是普拉斯梦寐以求的。她已决定在文学界闯出一片天地，当个成功的作家。如今，能在全世界数一数二的文化事业机构工作，似乎再也找不到比这个更好的起跑点了。同时，普拉斯也慢慢体验到成功的滋味，她已有几首诗刊登在全国性的杂志上，并且才刚成为大学里《史密斯评论》的总编辑。这次的实习机会让她更上一层楼，为未来的文学之路打下牢固的根基。她的时间不多，必须尽快出发，于是在五月三十一日搭火车从马萨诸塞州的韦尔斯利往曼哈顿市中心而去。

在阴森森的高楼大厦之间，在阳光普照之下，这座城市仿佛充满各式各样的可能性，可是她所遇到的每一个转折都令她越来越失望。她第一天到杂志社报到时，满心期望能进入小说部门，却被安排和希里莉·埃布尔斯一起工作。埃布尔斯是个严厉的编辑，在她的监督下，普拉斯每天都勤奋地工作着。她要处理办公室的日常杂务，还必须写文章，而她的报道事件清单很长，范围甚至涵盖芭蕾表演到棒球比赛。

与此同时，朱利叶斯和艾瑟尔·罗森堡①的生命进入倒数。全国的报纸都放上这对夫妻的照片。他们被宣判为苏联间谍，以电刑处决。现在，他们的死期逼近，普拉斯感到相当难过。夏天渐渐过去，她变得很沮丧，不知所措。在离开曼哈顿之前她甚至向一位实习生要了一套衣服穿回家：她似乎把自己的所有衣服从旅馆顶楼丢了出去。她彻底觉悟，也完全崩溃。

普拉斯希望在回家时能恢复元气，但一则可怕的消息让她更加意志消沉。弗兰克·奥康纳并未挑选普拉斯参加他在哈佛大学开设的暑期课程。普拉斯身心交瘁。接下来的几个星期，她像被卷进旋涡似的陷进更深的忧郁里，更糟糕的是，她突然再也写不出任何东西，有时候甚至连阅读的能力也失去。她开始用刀子割自己。当母亲发现她腿上的伤痕时，她居然建议母亲跟她一起自杀。她很快开始进行电疗，医治忧郁症。但令人痛苦的治疗并未让普拉斯恢复健康。八月底，她吞咽了大约四十八粒安眠药企图自杀。经过抢救后，她死里逃生。随后她被送进医院，直到隔年一月才出院。

几年后，她嫁给诗人特德·休斯，并在伦敦定居，此时她

---

① Julius and Ethel Rosenberg，这对夫妻是冷战时期的共产人士，被指控帮苏联担任间谍，后被判处死刑。

决定把那年夏天在纽约发生的一切写下来。她将这本书归类成小说，不过全书描述了她从那座大都市到医院病房的经历。于是她决定以假名书写，把自己和小说区隔开来。

《钟形罩》于一九六三年在英国出版，但普拉斯并未活着看见它在美国上市。她将部分人生写入小说：一位年轻的伦敦女子（就像她）嫁给英俊的爱好文学的丈夫。但在发现丈夫的外遇后，一切分崩离析。后来，普拉斯烧掉第二本书的书稿，掉入无穷无尽的绝望深渊。就在第一本小说出版的几个星期后，她自杀了。她将头放入烤箱，再打开了煤气。这位三十岁的女作家自孩童时期就开始和忧郁症奋战，但最后仍然举旗投降。她并未活下来亲眼见到自己努力奋斗、为那短暂生命所赢得的文学赞誉。《钟形罩》于一九七一年在美国出版，广受好评，而在一九八二年，她的《诗集》（*The Collected Poems*）在她去世后获普利策奖。

感言

若是没有亲爱的玛丽亚·加利亚诺，就不会有这本书。她是杰出的编辑，眼光独到，博学多才，真幸运能有机会与她共事。同时要感谢贝丝·布拉赫曼、尼基·范诺伊和我的父母特里什、卡尔·约翰逊，他们在本书的起步阶段提供了深刻的见解和意见。而我的兄弟CJ、科林和克里斯蒂安，也在整个过程中积极地支持我。我很感激我的良师益友——优秀的莱斯·帕凯尔，他向我证明了，正面的能量和热情足以移山。最后，谢谢我的丈夫伊恩·麦康奈尔，没有他，我早就迷失了。

参考书目

■《安娜·卡列尼娜》托尔斯泰

安东尼·索尔比（1987）：《托尔斯泰——安娜·卡列尼娜》，纽约：剑桥大学出版社

（Torlby，Anthony. *Leo Tolstoy*：*Anna Karenina*. New York：Cambridge University Press，1987）

亚历山德拉·托尔斯泰（1975）：《托尔斯泰——父亲的一生》，俄罗斯贝尔蒙：诺尔兰

（Tolstoy，Alexandra. *Tolstoy*：*A Life of My Father*. Belmont，Russia：Norland，1975）

亨利·特鲁瓦亚（1967）：《托尔斯泰》，纽约：格罗夫出版社

（Troyat，Henri. *Tolstoy*. New York：Grove Press，1967）

C. J. G. 特纳（1993）：《卡列尼娜的伴侣》，加拿大安大略：劳瑞尔大学出版社

（Turner，C. J. G. *A Karenina Companion*. Ontario，Canada：Wilfrid Laurier University Press，1993）

A. N. 威尔逊（1988）：《托尔斯泰》，纽约：W. W. 诺顿出版社

（Wilson，A. N. *Tolstoy*. New York：W. W. Norton，1988）

■《八十天环游地球》儒勒·凡尔纳

内利·布莱（1890）：《环游世界七十二天》，纽约：Pictorial Weeklies

（Bly，Nellie. *Around the World in Seventy-Two Days*. New York：

Pictorial Weeklies, 1890)

赫伯特·罗特曼（1997）：《儒勒·凡尔纳的探险史》，纽约：圣马丁出版社

(Lottman, Herbert. R. *Jules Verne*: *An Exploratory Biography*. New York: St. Martin's Press, 1997)

罗伯特·H. 谢拉德（1894 年 1 月）：《居家的儒勒·凡尔纳》，《麦克卢尔杂志》第 115—124 页

(Sherard, Robert H. "Jules Verne at Home." *McClure's*. January 1894: 115—124)

■ **《金银岛》罗伯特·路易斯·史蒂文森**

克莱尔·哈曼（2005）：《我和我的亲朋好友——罗伯特·路易斯·史蒂文森的一生》，纽约：哈珀柯林斯出版社

(Harman, Claire. *Myself and the Other Fellow*: *A Life of Robert Louis Stevenson*. New York: HarperCollins, 2005)

罗伯特·路易斯·史蒂文森（1894 年 8 月）：《我的第一本书》，《游手好闲的人》

(Stevenson, Robert Louis. "My First Book." *Idler*. August 1894)

欧内斯特·马修（编）(1997)：《罗伯特·路易斯·史蒂文森书信选集》，纽黑文：耶鲁大学出版社

(*Selected Letters of Robert Louis Stevenson*. Edited by Ernest Mehew. New Haven: Yale University Press, 1997)

■ **《喧哗与骚动》威廉·福克纳**

约瑟夫·布拉勒（1990）：《福克纳传》，纽约：兰登书屋

(Blotner, Joseph. Faulkner: *A Biography*. New York: Random House, 1990)

M. 托马斯·英奇（编）(1999)：《威廉·福克纳对话录》，杰克逊：密西西比大学出版社

(Inge, M. Thomas, ed. *Conversations with William Faulkner*. Jackson:

University Press of Mississippi, 1999)
约翰·B. 帕吉特：威廉·福克纳官网
(Padgett, John B. William Faulkner on the Web: www.mcsr. olemiss. edu/~egjbp/faulkner/faulkner. html.)
杰·帕里尼（2004）：《福克纳传》，纽约：哈珀柯林斯出版社
(Parini, Jay. *One Matchless Time: A Life of William Faulkner*. New York: HarperCollins, 2004)

■《魔戒前传：霍比特人》J. R. R. 托尔金

汉弗莱·卡彭特（2000）：《托尔金传》，纽约：霍顿·米夫林出版公司
(Carpenter, Humphrey. *J. R. R. Tolkien: A Biography*. New York: Houghton Mifflin, 2000)
菲利普·诺曼（1967年1月15日）：《霍比特人之热》，《纽约时报》
(Norman, Philip. "The Prevalence of Hobbits." *New York Times*. January 15, 1967)
J. R. R. 托尔金（2000）：《托尔金书信集》，汉弗莱·卡彭特编，纽约：霍顿·米夫林出版公司
(Tolkien, J. R. R. *The Letters of J. R. R. Tolkien*. Edited by Humphrey Carpenter. New York: Houghton Mifflin, 2000)

■《动物农庄》乔治·奥威尔

伯纳德·克里克（1982）：《乔治·奥威尔的一生》，纽约：企鹅出版社
(Crick, Bernard. *George Orwell: A Life*. New York: Penguin, 1982)
杰弗里·迈耶斯（2000）：《奥威尔：一代人的冷峻良心》，纽约：W. W. 诺顿出版社
(Meyers, Jeffrey. *Orwell: Wintry Conscience of a Generation*. New York: W. W. Norton, 2000)

乔治·奥威尔（1953）：《散文集》，福罗里达州奥兰多：霍顿·米夫林·哈考特出版社

（Orwell，George. *A Collection of Essays*. Orlando，FL：Houghton Mifflin Harcourt，1953）

索尼娅·奥威尔、伊恩·安格斯（编）（1968）：《奥威尔文选——散文、专题和书信》，纽约：哈考特与布雷斯世界图书公司

（Orwell，George. *The Collected Essays*，*Journalism and Letters of George Orwell*. Edited by Sonia Orwell and Ian Angus. New York：Harcourt，Brace，and World，1968）

D. J. 泰勒（2003）：《奥威尔的人生》，纽约：亨利·霍尔特出版公司

（Taylor，D. J. *Orwell*：*The Life*. New York：Henry Holt，2003）

弗雷德里克·沃伯格（1973）：《作家的机会平等——弗雷德里克·沃伯格的出版生涯，1936—1971 年》，伦敦：哈钦森出版社

（Warburg，Fredric. *All Authors Are Equal*：*The Publishing Life of Fredric Warburg*，*1936—1971*. London：Hutchinson，1973）

■ 《纳尼亚传奇：狮子、女巫和魔衣橱》C.S. 刘易斯

科林·迪里耶（2003）：《托尔金和 C.S. 刘易斯——友谊之果》，新泽西州马瓦：保罗传道会出版社

（Duriez，Colin. *Tolkien and C. S. Lewis*：*The Gift of Friendship*. Mahwah，NJ：Paulist Press，2003）

比阿特丽斯·戈姆利（1998）：《C.S. 刘易斯——〈纳尼亚传奇〉背后的男人》，密歇根：埃德曼出版社

（Gormley，Beatrice. *C. S. Lewis*：*The Man Behind Narnia*. Michigan：Eerdmans，1998）

罗伯特·兰斯林·格林、瓦尔特·霍普（2002）：《C.S. 刘易斯传》，伦敦：哈珀柯林斯出版公司

（Green，Robert Lancelyn，and Walter Hopper. *C. S. Lewis*：*A Biography*. London：HarperCollins，2002）

迈克尔·怀特（2004）：《〈纳尼亚传奇〉的作者——C.S. 刘易斯》，纽约：卡罗尔和格拉夫出版公司

（White, Michael. *C. S. Lewis: Creator of Narnia*. New York: Carroll and Graf, 2004）

■ 《夏洛的网》E. B. 怀特

斯科特·埃利奇（1985）：《怀特传记》，纽约：W. W. 诺顿出版社

（Elledge, Scott. *E. B. White: A Biography*. New York: W. W. Norton, 1985）

安德鲁·弗格森（1999年6月12日）：《E.B. 怀特的农场——夏洛织网的地方》，《时代杂志》

（Ferguson, Andrew. "At E. B. White's Farm: Where Charlotte Wove." *Time*. June 12, 1999. www.time.com/time/magazine/article/0, 9171, 991473, 00. html.）

E.B. 怀特（2007）：《E.B. 怀特书信集》（修订版），多萝西·洛布拉诺·戈特（编），纽约：哈珀永久出版社

（White, E. B. *Letters of E. B. White*, revised edition. Edited by Dorothy Lobrano Goth. New York: Harper Perennial, 2007）

■ 《第二十二条军规》约瑟夫·海勒

詹姆斯·内格尔（2008）：《〈第二十二条军规〉的初稿》，《布卢姆的当代书评解读——约瑟夫·海勒之〈第二十二条军规〉》，哈罗德·布卢姆（编），纽约：Infobase

（Nagel, James. "The Early Composition of *Catch-22*." *Bloom's Modern Critical Interpretations: Joseph Heller's* Catch-22. Edited by Harold Bloom. New York: Infobase, 2008）

亚当·J. 索金（编）（1993）：《与约瑟夫·海勒的对话》，杰克逊：密西西比大学出版社

（Sorkin, Adam J., ed. *Conversations with Joseph Heller*. Jackson: University Press of Mississippi, 1993）

■ 《百年孤独》加夫列尔·加西亚·马尔克斯

吉恩·H. 贝维拉达（编）(2006)：《与马尔克斯的对话》，杰克逊：密西西比大学出版社

(Bell-Villada, Gene H., ed. *Conversations with Gabriel García Márquez*.Jackson: University Press of Mississippi, 2006)

杰拉德·马丁（2009)：《马尔克斯的一生》，纽约：阿尔弗雷德·A. 克瑙夫出版社

(Martin, Gerald. *Gabriel García Márquez: A Life*. New York: Alfred A.Knopf, 2009)

■ 《科学怪人》玛丽·雪莱

安杰琳·戈罗（1989 年 9 月 3 日)：《医生，请注意自己的行为》，《纽约时报》

(Goreau, Angeline. "Physician, Behave Thyself." *New York Times*. September 3, 1989)

米兰达·西摩（2000)：《玛丽·雪莱》，纽约：格罗夫出版社

(Seymour, Miranda. *Mary Shelley*. New York: Grove Press, 2000)

玛丽·雪莱（2003)：《科学怪人》，纽约：企鹅经典

(Shelley, Mary. *Frankenstein*. New York: Penguin Classics, 2003)

埃米莉·W. 桑斯坦（1989)：《玛丽·雪莱：浪漫与现实》，波士顿：利特·布朗出版社

(Sunstein, Emily W. *Mary Shelley: Romance and Reality*. Boston: Little, Brown, 1989)

■ 《瑞普·凡·温克尔》华盛顿·欧文

皮尔耶·M. 欧文（1869)：《华盛顿·欧文的一生和他的书信》(两卷)，纽约：G. P. 普特南出版公司

(Irving, Pierre M. *The Life and Letters of Washington Irving*, 2 vols. New York: G. P. Putnam and Company, 1869)

布赖恩·杰·琼斯（2008）：《华盛顿·欧文：美国奇人》，纽约：拱廊出版公司

（Jones，Brian Jay. *Washington Irving*：*An American Original*. New York：Arcade，2008）

托马斯·罗斯科（1837）：《德国传奇故事》（第二卷），伦敦：亨利·科尔伯恩出版社

（Roscoe，Thomas. *The German Romances*. Vol. 2. London：Henry Colburn，1837）

■《爱丽丝梦游仙境》刘易斯·卡罗尔

刘易斯·卡罗尔（1902）：《爱丽丝梦游仙境》，纽约：兰德·麦克纳利出版公司

（Carroll，Lewis. *Alice's Adventures in Wonderland*. New York：Rand McNally，1902）

莫顿·N. 科恩（1996）：《刘易斯·卡罗尔传》，纽约：阿尔弗雷德·A. 克瑙夫出版社

（Cohen，Morton N. *Lewis Carroll*：*A Biography*. New York：Alfred A. Knopf，1996）

珍妮·伍尔芙（2010）：《刘易斯·卡罗尔的秘密——探索〈爱丽丝梦游仙境〉的作者，一位创意十足、细心体贴、有时寂寞的男人》，纽约：圣马丁出版社

（Woolf，Jenny. *The Mystery of Lewis Carroll*：*Discovering the Whimsical*，*Toughtful*，*and Sometimes Lonely Man Who Created* "*Alice in Wonderland.*" New York：St. Martin's Press，2010）

■《绿野仙踪》李曼·法兰克·鲍姆

李曼·法兰克·鲍姆（2000）：《绿野仙踪之注解版》（百年纪念版），迈克尔·帕特里克·赫恩（编），纽约：W. W. 诺顿出版社

（Baum，L. Frank. *The Annotated Wizard of Oz*，centennial edition. Edited by Michael Patrick Hearn. New York：W. W. Norton，2000）

凯瑟琳·M. 罗杰斯（2002）：《李曼·法兰克·鲍姆——〈绿野仙踪〉的作者》，纽约：圣马丁出版社

（Rogers，Katharine M. *L. Frank Baum*：*Creator of Oz*. New York：St. Martin's Press，2002）

埃文·I. 施瓦茨（2009）：《寻找奥兹国——李曼·法兰克·鲍姆如何发现这个伟大的美国故事》，纽约：霍顿·米夫林·哈考特出版社

（Schwarz，Evan I. *Finding Oz*：*How L. Frank Baum Discovered the Great American Story*. New York：Houghton Mifflin Harcourt，2009）

■ **《彼得兔》毕翠克丝·波特**

林达·里尔（2007）：《毕翠克丝·波特——大自然中的生命》，纽约：圣马丁出版社

（Lear，Linda. *Beatrix Potter*：*A Life in Nature*. New York：St. Martin's Press，2007）

毕翠克丝·波特（1989）：《波特小姐的书信》，朱迪·泰勒（编），纽约：弗雷德里克·沃恩出版社

（Potter，Beatrix. *Beatrix Potter's Letters*. Edited by Judy Taylor. New York：Frederick Warne，1989）

毕翠克丝·波特（1992）：《波特小姐写给孩子的信》，朱迪·泰勒（编），纽约：企鹅出版社

（Potter，Beatrix. *Letters to Children from Beatrix Potter*. Edited by Judy Taylor. New York：Penguin，1992）

■ **《柳林风声》肯尼思·格雷厄姆**

肯尼思·格雷厄姆（2009）：《柳林风声之注解版》，安妮·高格（编），纽约：W. W. 诺顿出版社

（Grahame，Kenneth. *The Annotated Wind in the Willows*. Edited by Annie Gauger. New York：W. W. Norton，2009）

彼得·格林（1983）：《原始森林之外——肯尼思·格雷厄姆的世界》，纽约：档案出版公司
（Green，Peter. *Beyond the Wild Wood*：*The World of Kenneth Grahame*. New York：Facts on File，1983）

■ 《小熊维尼》A.A. 米尔恩

安·菲华蒂（1990）：《米尔恩——〈小熊维尼〉背后的男人》，纽约：兰登书屋
（Thwaite，Ann. *A. A. Milne*：*The Man Behind Winnie-the-Pooh*. New York：Random House，1990）
《维尼》，《历史的一刻》，加拿大历史基金会
（"Winnie." *Historica Minutes*. The Historica Foundation of Canada：www.histori. ca/minutes/minute. do?id= 10193）
《小熊维尼》，《阿什当森林》，阿什当森林管理员网
（"Winnie-the-Pooh." *Ashdown Forest*. The Conservators of Ashdown Forest：www.ashdownforest.org/pooh/winnie_ the_ pooh. php）

■ 《蝇王》威廉·戈尔丁

约翰·卡雷（2009）：《威廉·戈尔丁——创作〈蝇王〉的男人》，伦敦：费伯出版社
（Carey，John. *William Golding*：*The Man Who Wrote* Lord of the Flies. London：Faber and Faber，2009）
约翰·哈芬登（编）（1985）：《小说家专访》，伦敦：梅休因出版社
（Haffenden，John，ed. *Novelists in Interview*. London：Methuen，1985）

■ 《傲慢与偏见》简·奥斯丁

《简·奥斯丁的书信：布拉伯恩版本》，彭伯里共和国
（"Letters of Jane Austen：Brabourne Edition." The Republic of Pemberley：www.pemberley.com/janeinfo/brablet1. html.）

大卫·努克斯（1997）:《简·奥斯丁的一生》，纽约：法勒、斯特劳斯与吉鲁出版社

（Nokes，David. *Jane Austen*：*A Life*. New York：Farrar，Straus and Giroux，1997）

克莱尔·托玛琳（1997）:《简·奥斯丁的一生》，纽约：阿尔弗雷德·A. 克瑙夫出版社

（Tomalin，Claire. *Jane Austen*：*A Life*. New York：Alfred A. Knopf，1997）

■ 《乌鸦》埃德加·爱伦·坡

彼得·阿克罗伊德（1990）:《人前人后的狄更斯》，纽约：哈珀柯林斯出版社

（Ackroyd，Peter. *Dickens*：*Private Life and Public Passions*. New York：HarperCollins，1990）

查尔斯·狄更斯：《狄更斯的日记》，瓦尔特·德克斯特（编），《狄更斯：给书迷的季刊》37（1941），第 71—84 页

（Dickens，Charles. "A Dickens Diary." Edited by Walter Dexter. *The Dickensian*：*A Quarterly Magazine for Dickens Lovers* 37（1941）：71—84）

弗雷德里克·S. 弗兰克、安东尼·马吉斯特拉莱（1997）:《爱伦·坡的百科全书》，康涅狄格州西港：格林伍德出版社

（Frank，Frederick S.，and Anthony Magistrale. *The Poe Encyclopedia*. Westport，CT：Greenwood Press，1997）

艾尔伯特·凯姆、路易斯·吕梅（1914）:《查尔斯·狄更斯》，纽约：弗雷德里克·A. 斯托克斯公司

（Keim，Albert，and Louis Lumet. *Charles Dickens*. New York：Frederick A. Stokes，1914）

埃德加·爱伦·坡（1984）:《爱伦·坡散文和书评》，G. R. 汤普森（编），纽约：美国文库

（Poe，Edgar Allan. *Poe*：*Essays and Reviews*. Edited by G. R.

Tompson. New York：Library of America，1984）

埃德加·爱伦·坡（1985）：《乌鸦》，约翰·H. 英格拉姆（评注），伦敦：乔治·雷德韦出版社

（Poe，Edgar Allan. *The Raven*. Commentary by John H. Ingram. London：George Redway，1885）

亚瑟·霍布森·奎因（1998）：《埃德加·爱伦·坡评传》，巴尔的摩：约翰斯·霍普金斯大学出版社

（Quinn，Arthur Hobson. *Edgar Allan Poe：A Critical Biography*. Baltimore：Johns Hopkins University Press，1998）

肯尼思·西尔弗曼（1992）：《哀悼爱伦·坡：无尽的怀念》，纽约：哈珀柯林斯出版社

（Silverman，Kenneth. *Edgar A. Poe：Mournful and Never-Ending Remembrance*. New York：HarperCollins，1992）

■ **《汤姆·索亚历险记》马克·吐温**

弗雷德·卡普兰（2003）：《卓越非凡的马克·吐温》，纽约：双日出版社

（Kaplan，Fred. *The Singular Mark Twain*. New York：Doubleday，2003）

艾尔伯特·比奇洛·佩因（1915）：《马克·吐温的童年》，纽约：哈珀兄弟出版公司

（Paine，Albert Bigelow. *The Boy's Life of Mark Twain*. New York：Harper and Brothers，1915）

罗恩·鲍威尔（2001）：《恶水——马克·吐温成长记》，剑桥：达·卡波出版社

（Powers，Ron. *Dangerous Water：A Biography of the Man Who Became Mark Twain*. Cambridge：Da Capo Press，2001）

马克·吐温（2010）：《马克·吐温自传》上册，哈丽雅特·埃莉诺·史密斯（编），伯克莱：加州大学出版社

（Twain，Mark. *Autobiography of Mark Twain*. Vol. 1. Edited by Harriet

Elinor Smith. Berkeley：University of California Press，2010）

■ 《福尔摩斯》阿瑟·柯南·道尔

琼·雷纳伯格、丹尼尔·斯坦肖尔、查尔斯·福莱（编）(2008)：《从书信看阿瑟·柯南·道尔的一生》，纽约：企鹅出版社

（Lennenberg，Jon，Daniel Stashower，and Charles Foley，eds. *Arthur Conan Doyle*：*A Life in Letters*. New York：Penguin Press，2008）

埃利·M. 里鲍（2007)：《乔·贝尔博士：福尔摩斯的原型人物》，麦迪逊：威斯康星大学出版社

（Liewbow，Ely M. *Dr. Joe Bell*：*Model for Sherlock Holmes*. Madison：University of Wisconsin Press，2007）

安德鲁·莱西特（2007)：《塑造福尔摩斯的人——阿瑟·柯南·道尔爵士》，纽约：自由出版社

（Lycett，Andrew. *The Man Who Created Sherlock Holmes*：*The Life and Times of Sir Arthur Conan Doyle*. New York：Free Press，2007）

卡罗琳·韦尔斯（1913)：《推理小说之写作技巧》，斯普林菲尔德：家庭函授学校

（Wells，Carolyn. *The Technique of the Mystery Story*. Springfield，MA：The Home Correspondence School，1913）

■ 《彼得·潘》J. M. 巴利

安德鲁·伯金（2003)：《J.M. 巴利与那些迷失的男孩：你不知道的彼得·潘的故事》，纽黑文：耶鲁大学出版社

（Birkin，Andrew. *J. M. Barrie and the Lost Boys*：*The Real Story Behind Peter Pan*. New Haven：Yale University Press，2003）

丽莎·钱尼（2005)：《与天使捉迷藏：J. M. 巴利的一生》，纽约：圣马丁出版社

（Chaney，Lisa. *Hide-and-Seek with Angels*：*A Life of J. M. Barrie*. New York：St. Martin's Press，2005）

安东尼·莱恩（2004 年 11 月 22 日)：《迷失的男孩：J.M. 巴利创作

〈彼得·潘〉的因由》,《纽约客》

(Lane, Anthony. "Lost Boys: Why J. M. Barrie Created Peter Pan." *New Yorker*. November 22, 2004. www.newyorker.com/archive/2004/11/22/041122crat_atlarge)

■ **《了不起的盖茨比》F. 司各特·菲茨杰拉德**

马修·J. 布鲁科利(编)(2002):《菲茨杰拉德的〈了不起的盖茨比〉:一本文学参考书》,纽约:卡罗尔和格拉夫出版公司

(Bruccoli, Matthew J., ed. *F. Scott Fitzgerald's* The Great Gatsby: *A Literary Reference*. New York: Carroll and Graf, 2002)

詹姆士·R. 梅洛(1984):《菲茨杰拉德夫妇的美国梦》,波士顿:霍顿·米夫林出版公司

(Mellow, James R. *Invented Lives: F. Scott and Zelda Fitzgerald*. Boston: Houghton Mifflin, 1984)

■ **《达洛维夫人》弗吉尼亚·伍尔芙**

茱莉亚·布里格斯(2005):《弗吉尼亚·伍尔芙的内心世界》,佛罗里达州奥兰多:哈考特出版社

(Briggs, Julia. *Virginia Woolf: An Inner Life*. Orlando, FL: Harcourt, 2005)

林德尔·戈丹(1984):《弗吉尼亚·伍尔芙的作家生活》,纽约:W. W. Norton

(Gordan, Lyndall. *Virginia Woolf: A Writer's Life*. New York: W. W. Norton, 1984)

赫米奥娜·李(1999):《弗吉尼亚·伍尔芙》,纽约:Vintage Books

(Lee, Hermione. *Virginia Woolf*. New York: Vintage Books, 1999)

邦尼·凯姆·斯科特(2005):《〈达洛维夫人〉导读》,佛罗里达州奥兰多:哈考特出版社

(Scott, Bonnie Kime. Introduction to *Mrs. Dalloway*, by Virginia Woolf. Orlando, FL: Harcourt, 2005)

弗吉尼亚·伍尔芙（1985）：《存在的瞬间：自传文集》，珍妮·舒尔坎德（编），佛罗里达州奥兰多：哈考特出版社

（Woolf, Virginia. *Moments of Being: A Collection of Autobiographical Writing*. Edited by Jeanne Schulkind. Orlando, FL: Harcourt, 1985）

■ 《老人与海》欧内斯特·海明威

马修·J. 布鲁科利（编）（1986）：《与海明威对话》，杰克逊：密西西比大学出版社

（Bruccoli, Matthew J., ed. *Conversations with Ernest Hemingway*. Jackson: University Press of Mississippi, 1986）

A. E. 霍奇纳（1999）：《我的爸爸海明威》，纽约：卡罗尔和格拉夫出版公司

（Hotchner, A. E. *Papa Hemingway*. New York: Carroll and Graf, 1999）

肯尼思·S. 林恩（1985）：《海明威》，剑桥：哈佛大学出版社

（Lynn, Kenneth S. *Hemingway*. Cambridge: Harvard University Press, 1995）

查尔斯·奥斯古德（1999 年 5 月 2 日）：《走一趟海明威的别墅：瞭望山庄》，《CBS 之周日早晨》

（Osgood, Charles. "Inside La Finca Vigia: A Visit to Hemingway's Villa." *CBS News Sunday Morning*. May 12, 1999. www.cbsnews.com/stories/1999/05/12/sunday/main46804. shtml）

迈克尔·雷诺兹（1999）：《海明威晚年》，纽约：W.W. 诺顿出版社

（Reynolds, Michael. *Hemingway: The Final Years*. New York: W. W. Norton, 1999.）

小查尔斯·斯克里布纳（2002）：《〈老人与海〉导读》，纽约：西蒙与舒斯特公司

（Scribner Jr., Charles. Introduction to *The Old Man and the Sea*, by Ernest Hemingway. New York: Simon and Schuster, 2002）

■ 《日瓦戈医生》鲍里斯·帕斯捷尔纳克

罗纳德·欣利（1983）:《帕斯捷尔纳克传》，纽约：阿尔弗雷德·A. 克瑙夫出版社

（Hingley，Ronald. *Pasternak*：*A Biography*. New York：Alfred A. Knopf，1983）

艾略特·莫斯曼（编）(1982)：《帕斯捷尔纳克与弗赖登贝格之间的书信往返（1910—1954）》，纽约：哈考特·布雷斯·乔瓦诺维奇出版公司

（Mossman，Elliott，ed. *The Correspondence of Boris Pasternak and Olga Freidenberg*：*1910—1954*. New York：Harcourt Brace Jovanovich，1982）

■ 《堂吉诃德》塞万提斯

让·卡纳瓦焦（1990）:《塞万提斯》，J. R. 琼斯（译），纽约：W. W. 诺顿出版社

（Canavaggio，Jean. *Cervantes*. Translated by J. R. Jones. New York：W. W. Norton，1990）

迪朗·曼努埃尔（1974）:《塞万提斯》，纽约：特恩威出版社

（Duran，Manuel. *Cervantes*. New York：Twayne，1974）

霍华德·曼欣（2006）:《塞万提斯的〈堂吉诃德〉：参考指南》，康涅狄格州西港：格林伍德出版社

（Mancing，Howard. *Cervantes' Don Quixote*：*A Reference Guide*. Westport，CT：Greenwood Press，2006）

P. E. 罗素（1995）:《塞万提斯》，纽约：牛津大学出版社

（Russell，P. E. *Cervantes*. New York：Oxford University Press，1995）

■ 《基督山伯爵》大仲马

大卫·科沃德（2008）:《大仲马〈基督山伯爵〉导读》，纽约：牛津大学出版社

（Coward, David. Introduction to *The Count of Monte Cristo*, by Alexandre Dumas. New York：Oxford University Press, 2008）

格雷厄姆·罗布（2010）：《巴黎的冒险历程》，纽约：W. W. 诺顿出版社

（Robb, Graham. *Parisians*：*An Adventure History of Paris*. New York：W. W. Norton, 2010）

■ 《罪与罚》陀思妥耶夫斯基

安娜·陀思妥耶夫斯基（1975）：《陀思妥耶夫斯基回忆录》，比阿特丽斯·斯蒂尔曼（编译），纽约：利弗莱特出版社

（Dostoevsky, Anna. *Dostoevsky*：*Reminiscences*. Translated and edited by Beatrice Stillman. New York：Liveright, 1975）

利奥尼德·格罗斯曼：《陀思妥耶夫斯基传》，玛丽·麦克勒（译），纽约：鲍伯斯-梅瑞尔出版社

（Grossman, Leonid. *Dostoevsky*：*A Biography*. Translated by Mary Mackler. New York：Bobbs-Merrill, 1975）

■ 《裸体午餐》威廉·巴勒斯

特德·摩根（1988）：《反叛文学：威廉·巴勒斯的时代和生活片段》，纽约：亨利·霍尔特出版社

（Morgan, Ted. *Literary Outlaw*：*The Life and Times of William S. Burroughs*. New York：Henry Holt, 1988）

■ 《杀死一只知更鸟》哈珀·李

哈罗德·布鲁姆（编）（2007）：《布鲁姆的当代书评解读：〈杀死一只知更鸟〉》，纽约：Infobase

（Bloom, Harold, ed. *Bloom's Modern Critical Interpretations*：To Kill a Mockingbird. New York：Infobase, 2007）

M. 托马斯·英奇（编）（1987）：《杜鲁门·卡波特对话录》，杰克逊：密西西比大学出版社

(Inge, Thomas M. *Truman Capote*: *Conversations*. Jackson: University Press of Mississippi, 1987)
加里森·凯勒（2006年6月11日）:《好侦探》,《纽约时报》
(Keillor, Garrison. "Good Scout." *New York Times*. June 11, 2006. www.nytimes.com/2006/06/11/books/review/11keillor. html)
克里·马登（2009）:《哈珀·李》(最新版), 纽约：维京出版社
(Madden, Kerry. *Harper Lee* (*Up Close*). New York: Viking, 2009)
查尔斯·J.希尔兹（2006）:《杀死一只知更鸟：哈珀·李的肖画像》, 纽约：亨利·霍尔特出版社
(Shields, Charles J. *Mockingbird*: *A Portrait of Harper Lee*. New York: Henry Holt, 2006)

■ **《冷血》杜鲁门·卡波特**

杜鲁门·卡波特（2004）:《转瞬即逝的享受：杜鲁门·卡波特书信集》, 杰拉尔德·克拉克（编）, 纽约：古典书局
(Capote, Truman. *Too Brief a Treat*: *The Letters of Truman Capote*. Edited by Gerald Clarke. New York: Vintage Books, 2004)
杰拉尔德·克拉克（1988）:《卡波特传》, 纽约：卡罗尔和格拉夫出版社
(Clarke, Gerald. *Capote*: *A Biography*. New York: Carroll and Graf, 1988)
乔治·普林顿（1997）:《杜鲁门·卡波特：朋友和敌人、泛泛之交和反对者，回忆他不安分的作家生涯》, 纽约：双日出版社
(Plimpton, George. *Truman Capote*: *In Which Various Friends*, *Enemies*, *Acquaintances*, *and Detractors Recall His Turbulent Career*. New York: Doubleday, 1997)
《富农一家四人被杀》,《纽约时报》(1959年11月16日)
("Wealthy Farmer, 3 of Family Slain." *New York Times*. November 16, 1959. www.nytimes.com/books/97/12/28/home/capote-headline. html)

■ 《局外人》S.E. 欣顿

S. E. 欣顿（2005）：《局外人》，纽约：Speak

（Hinton, S. E. *The Outsiders*. New York：Speak，2005）

S. E. 欣顿（2009）：《关于蒂姆的一二事》，纽约：Speak

（Hinton，S.E. *Some of Tim's Stories*. New York：Speak，2009）

■ 《五号屠场》库尔特・冯内古特

威廉・罗德尼・艾伦（编）（1988）：《与冯内古特对话》，杰克逊：密西西比大学出版社

（Allen，William Rodney，ed. *Conversations with Kurt Vonnegut*. Jackson：University Press of Mississippi，1988）

哈罗德・布鲁姆（编）（2007）：《冯内古特的〈五号屠场〉》，纽约：Infobase

（Bloom，Harold，ed. *Kurt Vonnegut's* Slaughterhouse-Five. New York：Infobase，2007）

杰尔姆・克林可维兹（2004）：《冯内古特效应》，哥伦比亚：南加州大学出版社

（Klinkowitz，Jerome. *The Vonnegut Effect*. Columbia：University of South Carolina Press，2004）

小欧文・E. 史兹派克、弗兰克・J. 尹德希柯瓦斯奇（2008）：《五号屠场的幽魂》，海迪・史兹派克（编），印第安纳州伯明顿：iUniverse

（Szpek Jr.，Ervin E.，and Frank J. Idzikowski. *Shadows of Slaughterhouse Five*. Edited by Heidi Szpek. Bloomington，IN：iUniverse，2008）

■ 《简・爱》夏洛蒂・勃朗特

朱丽叶・巴克（1994）：《勃朗特姐妹》，纽约：圣马丁出版社

（Barker，Juliet. *The Brontës*. New York：St. Martin's Press，1994）

伊丽莎白·加斯克尔（1997）：《夏洛蒂·勃朗特的一生》，伊丽莎白·简（编），纽约：企鹅出版社
（Gaskell，Elizabeth. *The Life of Charlotte Brontë*. Edited by Elizabeth Jay. New York：Penguin，1997）
林德尔·戈丹（1995）：《夏洛蒂·勃朗特：热情激昂的一生》，纽约：W. W. 诺顿出版社
（Gordon，Lyndall. *Charlotte Brontë*：*A Passionate Life*. New York：W. W. Norton，1995）
克莱姆·金·肖特（1896）：《夏洛蒂·勃朗特和她周遭的人事物》，伦敦：雷德与斯托顿出版公司
（Shorter，Clement King. *Charlotte Brontë and Her Circle*. London：Hodder and Stoughton，1896）
J. J. 斯特德（1898 年 3 月）：《哈瑟西奇与“简·爱”》，《勃朗特协会出版物》第一册，第 26—28 页
（Stead，J. J. “Hathersage and ‘Jane Eyre.’ ” *Brontë Society Publications*. Vol. 1. Brontë Society. March 1898：26—28）

■ **《白鲸》赫尔曼·梅尔维尔**

安德鲁·德尔班科（2005），《梅尔维尔的世界与作品》，纽约：阿尔弗雷德·A. 克瑙夫出版社
（Delbanco，Andrew. *Melville*：*His World and Work*. New York：Alfred A. Knopf，2005）
赫谢尔·帕克（1996）：《梅尔维尔传记》第一册，巴尔的摩：约翰斯·霍普金斯大学出版社
（Parker，Hershel. *Herman Melville*：*A Biography*. Vol. 1. Baltimore：Johns Hopkins University Press，1996）
J. N. 雷诺兹（1839 年 5 月），《太平洋上的白鲸莫卡·迪克——期刊原稿的一页》，《尼克博克杂志》，第十三期
（Reynolds，J. N. “Mocha Dick，or The White Whale of the Pacific：A Leaf from a Manuscript Journal.” *The Knickerbocker*，*or New-York*

Monthly Magazine. Vol. 13. May 1839：377—392)

■ 《黑暗的心》约瑟夫·康拉德

约瑟夫·康拉德（1912）：《个人记录》，纽约：哈珀兄弟出版公司

(Conrad, Joseph. *A Personal Record*. New York：Harper and Brothers, 1912)

弗雷德里克·R. 卡尔（1979）：《约瑟夫·康拉德的三段人生》，纽约：法勒、斯特劳斯和吉鲁出版社

(Karl, Frederick R. *Joseph Conrad：The Tree Lives*. New York：Farrar, Straus and Giroux, 1979)

济斯瓦夫·奈杰（2007）：《约瑟夫·康拉德的一生》，阿利纳·奈杰（编），纽约：卡姆登书屋

(Najder, Zdzisław. *Joseph Conrad：A Life*. Translated by Halina Najder. Rochester, NY：Camden House, 2007)

艾伦·西蒙斯（2009）：《文章里的约瑟夫·康拉德》，纽约：剑桥大学出版社

(Simmons, Allan. *Joseph Conrad in Context*. New York：Cambridge University Press, 2009)

约翰·史泰普（2007）：《约瑟夫·康拉德的人生阶段》，纽约：万神殿图书

(Stape, John. *The Several Lives of Joseph Conrad*. New York：Pantheon Books, 2007)

罗杰·坦南特（1981）：《约瑟夫·康拉德传》，纽约：雅典娜神殿出版社

(Tennant, Roger. *Joseph Conrad：A Biography*. New York：Atheneum, 1981)

■ 《野性的呼唤》杰克·伦敦

琼·D. 赫德里克（1982）：《孤独的同道：杰克·伦敦和他的作品》，教堂山：北卡罗莱纳大学出版社

(Hedrick, Joan D. *Solitary Comrade: Jack London and His Work*. Chapel Hill: University of North Carolina Press, 1982)

艾历克斯·克肖（1997）:《杰克·伦敦的一生》，纽约：圣马丁出版社

(Kershaw, Alex. *Jack London: A Life*. New York: St. Martin's Press, 1997)

杰克·伦敦（1988）:《杰克·伦敦书信集》第一册，厄尔·拉博、罗伯特·C. 莱茨三世、I. 米洛·谢泼德（编），加州斯坦福：斯坦福大学出版社

(London, Jack. *The Letters of Jack London*. Vol. 1. Edited by Earle Labor, Robert C. Leitz III, and I. Milo Shepard. Stanford, CA: Stanford University Press, 1988)

富兰克林·沃克（1994）:《杰克·伦敦和克朗代克河》，加州圣玛利诺：亨廷顿图书馆和艺术馆

(Walker, Franklin. *Jack London and the Klondike*. San Marino, CA: Henry E. Huntington Library and Art Gallery, 1994)

■ **《魔山》托马斯·曼**

A. S. 拜厄特（1995）:《托马斯·曼〈魔山〉导读》，纽约：阿尔弗雷德·A. 克瑙夫出版社

Byatt, A. S. Introduction to*The Magic Mountain*, by Thomas Mann. Translated by John E. Woods. New York: Alfred A. Knopf, 1995.

卡蒂娅·曼（1975）:《脑海里的回忆》，伊丽莎白·普勒森、迈克尔·曼（编），亨特、希尔德加德·汉纳姆（译），纽约：阿尔弗雷德·A. 克瑙夫出版社

Mann, Katia.*Unwritten Memories*. Edited by Elisabeth Plessen and Michael Mann. Translated by Hunter and Hildegarde Hannum. New York: Alfred A. Knopf, 1975.

唐纳德·普拉特（1995）:《托马斯·曼的一生》，纽约：牛津大学出版社

Prater, Donald. *Thomas Mann: A Life*. New York: Oxford University Press, 1995.

■ 《小王子》圣·埃克苏佩里

圣·埃克苏佩里（1992）:《风、沙和星星》, 纽约：哈考特出版社

Saint-Exupéry, Antoine de. *Wind, Sand and Stars*. New York: Harcourt, 1992.

孔苏埃洛·德·圣·埃克苏佩里（2001）:《玫瑰的故事:〈小王子〉背后的爱情故事》, 纽约：兰登书屋

Saint-Exupéry, Consuelo de. *The Tale of the Rose: The Love Story Behind The Little Prince*. New York: Random House, 2001.

斯泰西·希夫（1994）:《圣·埃克苏佩里传记》, 纽约：阿尔弗雷德·A. 克瑙夫出版社

Schiff, Stacy.*Saint-Exupéry: A Biography*. New York: Alfred A. Knopf, 1994.

约翰·塔利亚韦（2008 年 4 月 11 日）:《探索飞行员作家失踪之谜》,《纽约时报》

Tagliabue, John. "Clues to the Mystery of a Writer Pilot Who Disappeared." *New York Times*. April 11, 2008. www.nytimes.com/2008/04/11/world/europe/11exupery. html.

■ 《在路上》杰克·凯鲁亚克

埃利斯·亚伯恩（1999）:《地下凯鲁亚克：杰克·凯鲁亚克不为人知的生活》, 纽约：圣马丁出版社

（Amburn, Ellis. *Subterranean Kerouac: The Hidden Life of Jack Kerouac*. New York: St. Martin's Press, 1999）

巴里·吉福德、劳伦斯·李（1994）:《杰克的作品：杰克·凯鲁亚克的口述传记》, 纽约：桑德茅斯出版社

（Gifford, Barry, and Lawrence Lee. *Jack's Book: An Oral Biography of Jack Kerouac*. New York: Tunder's Mouth Press, 1994）

凯文·J.海耶斯（编）(2005)：《与杰克·凯鲁亚克对话》，杰克逊：密西西比大学出版社

(Hayes, Kevin J., ed. *Conversations with Jack Kerouac*. Jackson: University Press of Mississippi, 2005)

威廉·T.劳勒（2005)：《垮掉一代的文化：生活方式、面向和影响》，加州圣塔芭芭拉：ABC-CLIO

(Lawlor, William T. *Beat Culture: Lifestyles, Icons, and Impact*. Santa Barbara, CA: ABC-CLIO, 2005)

小保罗·马厄（2007)：《杰克·凯鲁亚克的美国之路：〈在路上〉中的真实奥德赛》，剑桥：桑德茅斯出版社

(Maher Jr., Paul. *Jack Kerouac's American Journey: The Real-Life Odyssey of* On the Road. Cambridge: Tunder's Mouth Press, 2007)

■ 《绿山墙的安妮》L. M. 蒙哥马利

艾琳·甘默尔（2008)：《寻找绿山墙的安妮：L. M. 蒙哥马利和她的经典之作》，纽约：圣马丁出版社

(Gammel, Irene. *Looking for Anne of Green Gables: The Story of L. M. Montgomery and Her Literary Classic*. New York: St. Martin's Press, 2008)

L. M. 蒙哥马利（1975)：《登山之径：我的写作生涯》，多伦多：菲茨亨利和怀特塞德出版公司

(Montgomery, L. M. *The Alpine Path: The Story of My Career*. Toronto: Fitzhenry and Whiteside, 1975)

■ 《歌剧魅影》卡斯顿·勒胡

安德鲁·艾尔斯（2004)：《巴黎探险》，伦敦：阿克塞尔·门格斯

(Ayers, Andrew. *The Architecture of Paris*. London: Axel Menges, 2004)

巴黎国家歌剧院：《巴黎歌剧院》

(Opera National de Paris. "The Opera Palais Garnier." www.

operadeparis. fr/cns11/live/onp/L_Opera/Palais_Garnier/PalaisGarnier.php ? lang=en.

艾尔伯特·肖（编）(1911)：《翻译》，《美国评论之论》43：762

(Shaw, Albert, ed. "Translations." *The American Review of Reviews* 43 (1911)：762)

约翰·斯内尔森（2004)：《安德鲁·劳埃德·韦伯》，纽黑文：耶鲁大学出版社

(Snelson, John. *Andrew Lloyd Webber*. New Haven：Yale University Press, 2004)

迈克尔·D. 索拉斯（2008)：《关于世界小说：1900 年至今》，纽约：Infobase

(Sollars, Michael D. *The Facts on File Companion to the World Novel：1900 to Present*. New York：Infobase, 2008)

■ 《血腥的收获》达希尔·哈米特

达希尔·哈米特（2001)：《达希尔·哈米特书信选》，理查德·莱曼（编），华盛顿：Counterpoint

(Hammett, Dashiell. *Selected Letters of Dashiell Hammett*. Edited by Richard Layman. Washington：Counterpoint, 2001)

乔·哈米特（2001)：《达希尔·哈米特：一个女儿的回忆》，理查德·莱曼（编），纽约：卡罗尔和格拉夫出版公司

(Hammett, Jo. *Dashiell Hammett：A Daughter Remembers*. Edited by Richard Layman. New York：Carroll and Graf, 2001)

理查德·莱曼（1981)：《达希尔·哈米特的一生》，纽约：哈考特·布雷斯·乔瓦诺维奇出版公司

(Layman, Richard. *Shadow Man：The Life of Dashiell Hammett*. New York：Harcourt Brace Jovanovich, 1981)

■ 《飘》玛格丽特·米切尔

玛格丽特·米切尔（1986)：《玛格丽特·米切尔的〈飘〉之书信：

1936—1949》，理查德·哈韦尔（编），纽约：科利尔图书
（Mitchell, Margaret. *Margaret Mitchell's* Gone with the Wind *Letters*: *1936—1949*. Edited by Richard Harwell. New York: Collier Books, 1986）
达登·阿斯伯里·派伦（1992）:《南方女儿：玛格丽特·米切尔的一生》，纽约：哈珀永久出版社
（Pyron, Darden Asbury. *Southern Daughter*: *The Life of Margaret Mitchell*. New York: Harper Perennial, 1992）
海伦·泰勒（1989）:《郝思嘉的女人：〈飘〉和女书迷》，新泽西州皮斯卡特维：罗格斯大学出版社
（Taylor, Helen. *Scarlett's Women*: Gone with the Wind *and Its Female Fans*. Piscataway, NJ: Rutgers University Press, 1989）
玛丽安娜·沃克（1993）:《玛格丽特·米切尔和约翰·马什：〈飘〉背后的爱情故事》，亚特兰大：Peachtree
（Walker, Marianne. *Margaret Mitchell and John Marsh*: *The Love Story Behind* Gone with the Wind. Atlanta: Peachtree, 1993）

■ 《人鼠之间》约翰·斯坦贝克

托马斯·芬奇（编）(1998):《与约翰·斯坦贝克对话》，杰克逊：密西西比大学出版社
（Fensch, Thomas, ed. *Conversations with John Steinbeck*. Jackson: University Press of Mississippi, 1988）
杰伊·帕里尼（1995）:《约翰·斯坦贝克传记》，纽约：亨利·霍尔特出版社
（Parini, Jay. *John Steinbeck*: *A Biography*. New York: Henry Holt, 1995）

■ 《皇家赌场》伊恩·弗莱明

安德鲁·莱西特（1995）:《伊恩·弗莱明：詹姆斯·邦德背后的男人》，亚特兰大：特纳出版社

（Lycett, Andrew. *Ian Fleming: The Man Behind James Bond*. Atlanta: Turner, 1995）

本·麦金太尔（2008）：《仅供观赏：伊恩·弗莱明和詹姆斯·邦德》，纽约：布鲁姆斯伯里出版公司

（Macintyre, Ben. *For Your Eyes Only: Ian Fleming and James Bond*. New York: Bloomsbury, 2008）

■ **《飞越疯人院》肯·凯西**

罗伯特·费根（1830）：《肯·凯西：小说艺术No.136》，《巴黎评论》

（Faggen, Robert. "Ken Kesey: The Art of Fiction No.136." *Paris Review*. www.theparisreview.org/interviews/1830/the-art-of-fi ction-no-136-ken-kesey）

《肯·凯西：数字访谈》，罗斯吉塔传播（2003）

（"Ken Kesey: Digital Interview." Rossgita Communications. 2003. www.digitalinterviews.com/digitalinterviews/views/kesey. shtml）

肯·凯西（1996）：《飞越疯人院》，约翰·克拉克·普拉特（编），纽约：企鹅图书

（Kesey, Ken. *One Flew Over the Cuckoo's Nest*. Edited by John Clark Pratt. New York: Penguin, 1996）

芭芭拉·泰帕·鲁贝克（1995）：《当代美国小说中的疯子救赎》，盖恩斯维尔：佛罗里达大学出版社

（Lupack, Barbara Tepa. *Insanity as Redemption in Contemporary American Fiction*. Gainesville: University Press of Florida, 1995）

阿尔·西尔弗曼（2008）：《他们的生命历程：伟大的美国出版商、编辑和作家，他们的黄金时代》，纽约：圣马丁出版社

（Silverman, Al. *The Time of Teir Lives: The Golden Age of Great American Publishers, Teir Editors and Authors*. New York: St. Martin's Press, 2008）

罗伯特·B.西尔弗斯、芭芭拉·爱泼斯坦（编）（2006）：《他们的

朋友：作家难忘的友谊》，纽约：纽纽书评出版社
（Silvers，Robert B.，and Barbara Epstein，eds. *The Company They Kept*：*Writers on Unforgettable Friendships*. New York：New York Review of Books，2006）
杰伊·史蒂文斯（1983）：《狂暴的天堂：迷幻药和美国梦》，纽约：格罗夫出版社
（Stevens，Jay. *Storming Heaven*：*LSD and the American Dream*. New York：Grove Press，1987）
斯蒂芬·坦纳（1983）：《肯·凯西》，波士顿：特恩威出版社
（Tanner，Stephen L. *Ken Kesey*. Boston：Twayne，1983）

■ **《钟形罩》西尔维娅·普拉斯**

保罗·亚历山大（1991）：《痛苦的魔力：普拉斯传记》，纽约：维京企鹅图书公司
（Alexander，Paul. *Rough Magic*：*A Biography of Sylvia Plath*. New York：Viking Penguin，1991）
西尔维娅·普拉斯（1998）：《普拉斯日记》，特德·休斯（序），纽约：船锚出版社
（Plath，Sylvia. *The Journals of Sylvia Plath*. Foreword by Ted Hughes. New York：Anchor Books，1998）